셰익스피어 희극

한여름 밤의 꿈

A Midsummer-Night's Dream

셰익스피어 희극

한여름 밤의 꿈

초판 1쇄 | 2013년 11월 15일 발행
　　 2쇄 | 2017년　3월 25일 발행

지은이 | 셰익스피어
옮긴이 | 김재남
펴낸곳 | 해누리
펴낸이 | 김진용
편집주간 | 조종순
디자인 | 안정미·신나미
마케팅 | 김진용·이강호

등록 | 1998년 9월 9일(제16-1732호)
등록변경 | 2013년 12월 9일(제2015-000084호)

주소 | 서울특별시 영등포구 당산로 20길 13-1
전화 | (02)335-0414 팩스 | (02)335-0416
E-mail | haenuri0414@naver.com

ⓒ 해누리, 2017

ISBN 978-89-6226-039-7 (03840)

셰익스피어 희극

한여름 밤의 꿈

A Midsummer-Night's Dream

김재남 옮김

((해누리

A Midsummer Night's Dream

일러두기

✽방백 _ 연극에서 등장인물이 말을 하지만 무대 위의 다른 인물에게는 들리지 않고
관객만 들을 수 있는 것으로 약속되어 있는 대사

김재남(金在枏) 교수님은 셰익스피어 연구에 평생을 바치셨으며 이 분야에서는 우리나라에서 최고의 대가들 가운데 한 분이시다. 또한 이미 1964년에 '셰익스피어 전집'을 번역, 출간하셨는데, 이것은 한 개인이 셰익스피어의 작품 전체를 번역한 것으로서는 우리나라에서 최초인 것이었으며, 동시에 셰익스피어 전집의 번역 자체도 전 세계에서 일곱 번째에 해당하는 일이었다. 그 후 김교수님은 30년에 걸친 1995년에 이르기까지 셰익스피어 전집을 두 번 수정, 보완하셨다.

김교수님의 이러한 탁월한 업적에 대해 우리나라의 영문학계를 대표하시는 분들이 다음과 같이 평한 바가 있어서 여기 소개한다.

"셰익스피어를 번역하는 사람은 먼저 그의 작품들을 계통적으로 연구한 전문학자라야 할 것이다. 또한 난해하거나 영묘한 셰익스피어의 표현을 우리말로 옮기는 데는 문학적 재능이 필요하다. 김재남 교수는 위에서 말한 두 가지 조건을 구비한다. 학계와 연극계의 일치된 요망에 부응하는 최초의 ≪셰익스피어 전집≫이 김재남 교수의 손으로 되어 나온다는 것은 지극히 타당한 일이

라 생각한다."_ 문학박사 최재서, 1964년 초판 서문에서

"셰익스피어 번역에는 참으로 어려운 문제들이 많다. 김교수는 이 방면에 훌륭한 준비를 갖추었고 그의 노력과 열의는 높이 평가되어야 할 분이라, 이 전집 번역을 혼자 힘으로 이룩한 데 대해 경의와 찬사를 아낄 수 없다. 극문학에 큰 공헌이 될 것을 의심하지 않는 바이다."_ 문학박사 권중휘, 1964년 초판 서문에서

"이 힘들고, 범인으로서는 불가능한 일을 할 수 있는 비범한 사람이 있는가? 과연 우리에게는 용기와 끈기와 추진력에다 능력과 자격을 겸비한 적격자가 있는가? 김재남 교수님이야말로 이 모든 것을 갖춘 비범한 적격자의 한 분이라고 나는 감히 말할 수 있다. 1964년에 셰익스피어 탄생 400주년에 맞추어 선생님은 셰익스피어 전집 번역본을 단독으로 내셨다. 이것은 우리나라의 보통 큰 문화적 사건이 아니었다. 세계적으로도 손가락으로 셀 수 있을 정도의 소수이며, 더구나 단독 완역은 한둘이나 될까 매우 드문 일이기 때문이다."_ 문학박사 이경식, 1995년 3정판 서문에서

"김재남 교수는 우리 영문학계에서 '한 우물만을 판' 사람으로 유명하다. 그에게 있어서 셰익스피어는 학문의 전부였고 아마도 인생의 전부이기도 했을 것이다. 그의 평소의 신념이 작품이란, 더욱이 셰익스피어 같은 대고전은 읽고 또 읽어야 그 진가를 알 수 있다는 것이었다. 그의 문학을 대하는 태도는 이렇듯 정통적이고 비타협적이었다. 그렇기 때문에 그의 번역도 몇 번이고 새로워질 수밖에 없었을 것이다."_ 문학박사 여석기, 1995년 3정판 서문에서

이번에 김재남 교수님의 번역본을 다시 출간하게 된 것은 김재남 교수님과

조성식(趙成植, 前 고려대학교 명예교수, 학술원 회원) 교수님 사이에 맺어진 절친한 우정 때문이다. 나는 나의 장인어른이신 조교수님으로부터 두 분의 우정에 관한 이야기를 평소에 많이 들어왔고 또한 김재남 교수님의 번역본을 해누리에서 다시 출간했으면 좋겠다는 말씀을 자주 들었다. 그래서 몇 해 전에 김재남 교수님의 사모님에게 감히 전화를 걸어 구두로 허락을 받았고 이제 드디어 출간하게 된 것이다. 다만 김재남 교수님의 번역본이 현재의 독자들에게 좀 더 읽기 쉽고 이해하기 쉬운 것이 되도록 위해 난해한 한자어를 풀이하는 등 약간의 수정을 거쳤으며 재미있는 관련 삽화들을 가능한 한 많이 수록했다.

이 출간을 통하여 김재남 교수님의 탁월한 업적이 앞으로도 계속해서 더욱 빛나게 되기를 진심으로 바랄 따름이다.

2011년 12월

李 東 震

(해누리 출판사 대표, 시인, 작가, 前 외교통상부 대사, 월간 착한이웃 발행인)

작품 해설 | 한여름 밤의 꿈
A Midsummer-Night's Dream

셰익스피어는 초기 희극에서 로맨스(중세 설화)적인 소재와 코미디(현실 풍자)적인 소재를 번갈아 시도한 바 있다. 이 두 소재는 교체 성장하여 유기적으로 결합, 로맨틱 코미디(낭만 희극)이라는 새롭고 훌륭한 희극들이 쏟아져 나온다. ≪한여름 밤의 꿈≫은 최초의 낭만 희극으로, 공상 세계와 현실 세계가 완전히 교착(交錯) 융합된 즐거운 희극 작품이다.

집필연대는 1595년~1596년으로 추정한다. 최초의 인쇄판은 1600년 사절판으로 작가의 자필 원고에서 인쇄된 것으로, 이른바 양 사절판이다. 이 극은 줄거리로 미루어봐서 어떤 귀족의 결혼 축하연의 여흥용으로 제작된 듯하다. 하지만 그 귀족이 누구인지에 대해서는 여러 가지로 논증되어 왔으나, 최근에 와서 비교적 의견들이 좁혀지고 있다.

셰익스피어 극이 하나의 줄거리로 전개되는 경우는 거의 없지만, 이 극은 네 개의 줄거리로 이야기가 전개된다. 또는 하나의 줄거리 틀 안에 세 개의 이야기가 병행하여 교착 전개된다고 볼 수 있다. 아테네 공작 티시어스와 히폴리터와의 결혼이 그 틀이다. 극은 이 결혼 나흘 전에 공작의 궁정에서 시작하여 결

혼 하는 날 궁정에서 끝난다. 이 나흘 동안 아테네 교외의 숲에서는 요정(妖精)
의 왕과 왕비 사이에서 벌어지는 줄거리와, 네 명의 젊은 남녀의 사랑의 분규
가 풀리고 두 쌍의 행복한 결혼이 이루어지는 줄거리, 그리고 공작의 결혼식을
축하하기 위해 작은 연극을 준비하는 줄거리 등이 서로 교착 전개된 후, 끝막
에서 하나로 합쳐진다. 즉 공작의 결혼과 젊은 두 쌍의 결혼이 동시에 거행되
고 요정들은 이 결혼들을 축복한다.

　셰익스피어는 여러 가지 주제와 여러 가지 실험을 거쳐서 종전의 모슨 수법
을 한 편에다 담았다. 그러나 그 구조는 전혀 딴판인 작품이 바로 최초의 위대
한 희극 ≪한여름 밤의 꿈≫이다. 아테네 공작 내외가 역할하는 틀 안에서 두
쌍의 애인들과 그리고 요정의 세계가 무늬 놓아진다. 그러나 이것은 모두 다

착오(錯誤)라는 주제를 가진다. 여기서 작가는 또 하나의 집념을 비로소 명백히 제시하고 있다.

즉 몽환과 현실이라는 개념. 외관 또는 가상과 실재를 처음으로 대담하게 대조시킨 것이다. 이 두 요소의 대립이라는 명제는 이후의 극들, 특히 비극들의 내적 본질을 이루게 되는데 이중 영상, 상식적인 인생관, 자연과 일치할 수 있는 능력들이 이것과 표리의 관계를 가지게 된다. 외관과 실재는 이제 앞으로 교향악의 두 주제처럼 대위 음악과 같은 효과를 발휘한다.

이 극의 진행을 비판하고 극의 분규(紛糾)를 원만하게 수습하는 티시어스 공작은 상식적인 두뇌의 소유자로서 요정의 세계나 젊은 서정적 사랑을 부정한다. 그러나 공작 이외에 이 극에는 또 한 사람의 극히 상식적인 머리를 가진 인물이 있는데, 그는 저 유명한 광대 역의 보텀이다. 그러나 그는 요정 세계에서 여왕의 키스를 받아서 행동하기 때문에 그의 영역은 상상의 세계에까지 미친다. 원래 셰익스피어의 상식은 티시어스 공작 같은 현실의 테두리 안에다 제한시킬 수 없는 것이며 현실과 상상을 다 같이 포함하고 있다.

A Midsummer-Night's Dream

한여름 밤의 꿈

(1595~1596)

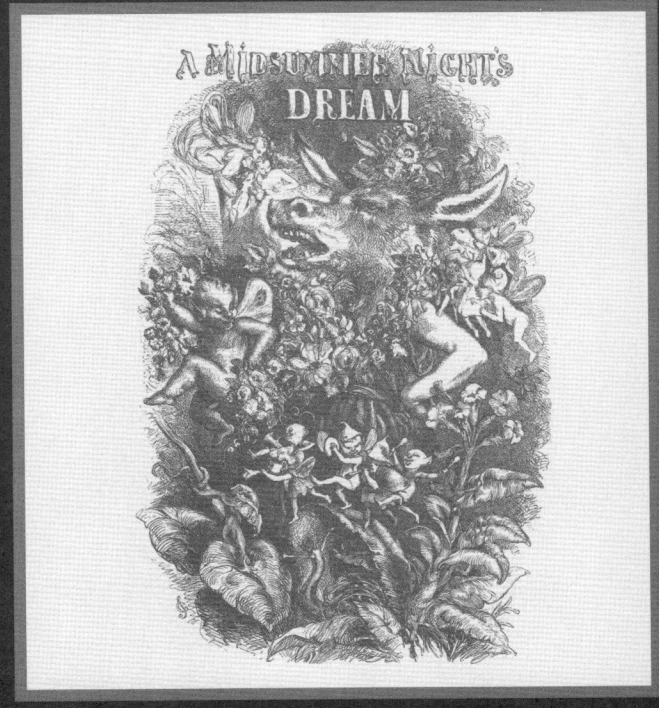

한여름 밤의 꿈
A Midsummer-Night's Dream

네가 잠이 깨서 무엇을 보든, 그것이 너의 진짜 애인이 되고, 너는 사랑의 고민
을 맛보아라. 그것이 살쾡이든, 고양이든, 곰이든, 또는 표범이든, 털이 곤두선
산돼지든, 네가 잠을 깨서 처음 눈에 보이는 게 네 애인이야. 제발 어떤 흉악한
것이 곁에 있을 때 너는 잠에서 깨어나라.

_오베론의 말(2막 2장)

▌장소▐

아테네 Athens, 그리고 아테네에 가까운 숲

▌등장 인물▐

티시어스 Theseus	아테네의 공작
히폴리타 Hippolyta	아마존 족 the Amazons의 여왕, 티시어스의 약혼녀
이지어스 노인 Egeus	허미아의 아버지
라이샌더 Lysander	허미아를 사랑하는 청년
디미트리어스 Demetrius	허미아를 사랑하는 청년
필로스트레이트 Philostrate	티시어스의 의전관
허미아 Hermia	(몸집이 작고 까무잡잡한 얼굴) 이지어스의 딸. 라이샌더를 사랑한다
헬레나 Helena	(키가 크고 살결이 흰 얼굴) 디미트리어스를 사랑한다.
피터 퀸스 Peter Quince	목수, 아마추어 극단의 단장, 티스비의 아버지 역
니크 보텀 Nick Bottom	직조공, 아마추어 극단에서 피라머스 역
프랜시스 플루트 Francis Flute	풀무 수선공, 아마추어 극단에서 티스비 역
톰 스노트 Tom Snout	땜장이, 아마추어 극단에서 피라머스의 아버지 역
로빈 스타블링 Robin Starveling	재단사, 아마추어 극단에서 티스비의 어머니 역
스너그 Snug	가구장이, 아마추어 극단에서 사자 역
오베론 Oberon	요정의 왕
티테이니아 Titania	요정의 여왕
파크 Puck	(또는 로빈 구드펠로우 Robin Goodfellow) 오베론을 섬기는 장난꾸러기 요정
콩꽃 Peaseblossom	티테이니아를 섬기는 요정들
거미집 Cobweb	티테이니아를 섬기는 요정들
나방 Moth	티테이니아를 섬기는 요정들
겨자씨 Mustardseed	티테이니아를 섬기는 요정들

그밖의 오베론과 티테이니아의 요정들
티시어스와 히폴리타의 시종들

1막 1장

티시어스의 저택 _ 폴 내시 작

티시어스 저택의 홀.

🍃 한쪽 작은 단(壇)에는 두 좌석이 놓여 있고 다른 쪽 작은 단에
  는 난로가 놓여 있다. 정면 좌우에는 출입구가 있다. 이 두 출

입구 사이 벽에도 출입구가 나 있고 후면 복도로 통한다. 티시어스와 히폴리타가 등장하여 좌석에 앉는다. 그 뒤에 필로스트레이트와 그 밖의 시종들이 따라 등장한다.

티시어스   여보, 아름다운 히폴리타, 우리의 결혼식 날도 멀지 않았군요. 나흘만 기쁘게 기다리면 초승달 밤이 오지. 하지만 그믐께 달은 왜 이렇게 더디단 말인가! 아, 지루해. 계모나 재산 많은 과부가 젊은 상속인의 유산을 질질 끌며 미루듯이 말이야.

히폴리타   나흘의 낮은 밤 속에 금세 녹아들고, 나흘의 밤도 꿈같이 빨리 사라지고, 그리고 나면 은으로 만든 활 같은 초승달은 하늘에서 우리의 결혼식 날 밤을 지켜볼 거예요.

티시어스   자, 필로스트레이트. 너는 가서 아테네의 젊은이들의 마음을 흥분시켜 유쾌한 기분으로 일깨워라. 우울한 기분은 초상 치를 때나 어울리고, 창백한 얼굴들은 우리의 화려한 혼인식에는 필요가 없으니까. *(필로스트레이트가 퇴장한다.)* 그런데 히폴리타, 나는 칼을 가지고 당신에게 구애해서 당신의 사랑을 얻기는 했지만 실례가 많았지. 하지만 결혼식은 방법을 바꾸어서 성대하고 화려하게, 그리고 흥청거리면서 할 거요.

🦋 *이지어스가 딸 허미아를 데리고 등장한다. 그 뒤에 라이샌더와 디미트리어스가 등장한다.*

이지어스   *(절을 하면서)* 고명하신 공작 전하, 문안드립니다.

티시어스   고마워, 이지어스. 그런데 웬일인가?

이지어스   이렇게 원통한 일이 어디 있겠어요? 제 딸 허미아 때문인데요. 이

티시우스 : 히폴리타, 나는 칼을 가지고 당신에게
구애해서 당신의 사랑을 얻었지요.

봐, 디미트리어스, 이리 나서라. 전하, 이 사람은 제 딸과 약혼한
청년이고요. 자, 라이샌더도 이리 나서라고. 그런데 공작 전하, 이
사람이 제 딸의 넋을 빼놓았다고요. 라이샌더, 넌 저 애한테 노래
를 지어 보내고, 사랑의 선물을 교환했어. 달밤에 저 애의 창문 밖
에서 그럴듯한 소리로 거짓 사랑을 노래했지. 그리고 네 머리카
락으로 만든 팔찌뿐만 아니라 반지니, 싸구려 물건이니, 또는 홀
림감, 장난감, 꽃다발, 과자 따위 등 어쨌든 아직 나이 어린 마음
을 현혹시킬 각종 물건들로 어느새 저 애의 마음속에 너의 환상을
심어 넣고 말았어. 글쎄, 그런 간사한 수단으로 저 애의 마음을 빼
앗고 아버지인 나에게 순종해야 할 저 애를 고집쟁이 무지렁이로
만들어 버렸어. 그러나 공작 전하, 제 딸이 전하 앞에서 디미트리
어스와 할 결혼을 순순히 받아들이지 않는다면, 부탁이지만, 제발
옛날부터 내려오는 아테네의 법률을 발동시켜 주세요. 저 아이는

제 딸이니까 저의 처분에 맡겨 주세요. 이쪽 청년에게 시집을 가든지, 아니면 죽음을 택하든지, 하여간 국법을 당장 적용하도록 해주세요.

티시어스   허미아, 그래, 넌 어떠냐? 잘 생각해 봐라, 애야. 너의 아버지는 너에게 하느님과 같아. 너의 아름다운 육체를 만드신 분이 아니냐? 너를 밀랍인형이라고 치면 너의 아버지는 그걸 만드신 분이니까 부수는 것도 간직해 두는 것도 너의 아버지의 마음대로야. 디미트리어스는 훌륭한 신사가 아니냐?

허미아   라이샌더도 훌륭한 신사라고요.

티시어스   물론 그렇지. 하지만 이 경우에는 너의 아버지의 승낙이 없으니까, 남편으로서는 디미트리어스가 더 훌륭한 셈이지.

허미아	우리 아버지도 저의 눈으로 봐주신다면 좋겠어요.
티시어스	아니, 오히려 네 눈이 너의 아버지처럼 분별력을 지녀야 하지 않겠느냐?
허미아	하지만 공작 전하, 저를 용서해 주세요. 무슨 힘이 저를 이렇게 대담하게 만드는지 모르겠어요. 그리고 이렇게 전하 앞에서 제 생각을 토로하는 게 너무나 염치없다는 것도 잘 알고 있어요. 그렇지만 공작 전하, 지금 제가 디미트리어스를 거절할 경우에는 어떤 엄한 벌이 내릴는지 알고 싶어요.
티시어스	사형을 받던가, 아니면 인간 사회와 영원히 등을 지던가 해야 돼. 그러니까 허미아, 가슴에 손을 얹은 채 너의 젊음에게 물어 보고 너의 정열을 따져 봐라. 아버지의 의도를 거스르면 너는 수녀복을 입고 음침한 수녀원에 평생 동안 갇힌 채 차디찬 달을 향해 가냘픈 찬미가를 부르면서 독신녀의 일생을 보내야 할 텐데, 어디 그걸 감당하겠느냐? 그렇게 정열을 누르고 처녀로 일생을 보내는 건 참으로 축복받는 일이라고 하겠지. 그러나 장미는 자기를 지켜 주는 가시에 둘러싸여 시들어 가면서 저 혼자만 행복하게 피어 있다가 죽어 버리는 것보다는 꺾여서 향기를 뒤에 남기는 것이 우리가 생각할 때는 더 보람이 있지 않겠느냐?
허미아	저는 저의 처녀성을 마음에도 없는 남자에게 내던지고 일생을 속박당하느니 차라리 그 장미처럼 살다가 죽겠어요.
티시어스	잘 생각해 봐라. 초승달 밤까지 여유를 주겠어. 그 날은 나와 내 애인이 백년가약을 맺는 날이지만 말이야. 어쨌든 그 날이 오면 너는 아버지의 분부를 거역한 불효죄로 사형을 당하든지, 아버지의 뜻을 받들어 디미트리어스와 결혼을 하든지, 또는 달의 여신 다이아나 Diana의 제단에서 영원히 엄격하게 독신생활을 지키겠

다는 맹세를 하든지, 어느 쪽이든 결정을 지어야만 해.

디미트리어스　허미아, 마음을 돌려. 그리고 라이샌더, 너도 부당한 요구를 포기하고 나의 정당한 권리를 인정해 줘.

라이샌더　이봐, 디미트리어스, 넌 허미아의 아버지의 총애를 받고 있어. 허미아의 마음은 나에게 맡겨 두고, 넌 그녀의 아버지하고나 결혼하면 어때?

이지어스　이 고약한 라이샌더 놈아! 그렇다, 디미트리어스는 내가 좋아하지. 그리고 나의 것은 내가 좋아하는 사람에게 주겠어. 내 딸은 내거야. 그러니까 내 딸에 대한 나의 모든 권리는 디미트리어스에게 양도할 거다 이거야.

라이샌더　공작 전하, 저는 가문이며 재산이며 디미트리어스에 비해 조금도 못하지 않아요. 허미아에 대한 사랑은 제가 더하지요. 장래성을 말하자면 어느 모로 보나 제가 더 유리하다고는 못해도 디미트리어스와 대등하고요. 그리고 무엇보다도 제가 자랑으로 삼을 수 있는 건 제가 아름다운 허미아의 사랑을 받고 있다는 사실이지요. 그렇다면 제가 저의 권리를 주장하지 못할 이유는 없잖아요? 그런데 당사자 앞에서 털어 놓고 말하겠지만, 디미트리어스는 네더 Nedar의 딸 헬레나 Helena에게 구애해서 그녀의 사랑을 얻었다고요. 아름다운 헬레나는 이 들뜬 놈팡이에게 홀딱 반해서 이놈을 신처럼 숭배하고 있단 말이에요.

티시어스　나도 그런 소문은 이미 듣고 디미트리어스와 얘기하려던 참이었지만 워낙 사사로운 일들 때문에 분주해서 잊어버리고 있었지. *(일어서면서)* 하지만 디미트리어스, 그리고 이지어스, 너희들에게만 할 얘기가 있으니까 나와 함께 가자. 그리고 허미아, 네 아버지의 의사를 받들도록 다시 잘 생각해봐. 그렇지 않으면 너는 아테네의 법률에 따라 죽음 또는 독신의 맹세를 택해야 하는데, 이건 내 힘으로도 어떻게 변경할 수 없는 문제야. 자, 히폴리타, 웬일인가? 기운을 내라고. 디미트리어스와 이지어스는 나와 함께 가자. 나의 혼례식에는 너희 수고를 빌려야겠고, 또한 지금 문제에 관해서 상의도 좀 해야겠거든.

이지어스 예, 기꺼이 따라가지요. *(라이샌더와 허미아만 남고 모두 퇴장한다.)*

라이샌더 아니, 웬일이야? 당신은 안색이 왜 그렇게 창백해? 당신 두 뺨에서 장미꽃들이 그렇게 빨리 시들어버렸나?

허미아 아마 비가 오지 않아서 그렇겠지요. 그 비를 나의 두 눈에서 억수같이 쏟아 보겠어요.

라이샌더 아! *(여자를 위로하면서)* 이야기책이나 역사책을 읽어 봐도 진정한 사랑은 순조롭게 진행된 적이 전혀 없어. 글쎄, 신분의 차이가 말이야.

허미아 아, 지독해! 신분이 너무 높아서 신분이 낮은 사람을 사랑하지 못하다니요.

라이샌더 또는 심한 나이 차이가 말이야.

허미아 아, 괘씸해! 나이가 너무 많아 젊은이와 결합할 수 없다니요.

라이샌더 또는 친구들의 선택에 좌우된다니 말이야.

허미아 아, 징그러워! 남의 눈으로 애인을 선택하다니요.

라이샌더 또는 모든 사람이 동의하는 배필을 만난다 해도 전쟁이니 죽음이니 질병 등의 훼방을 받아서 사랑은 금세 사라져 버리지. 그러니까 사랑은 소리처럼 순간적이고, 그림자처럼 금방 사라져 버려. 또한 꿈처럼 짧으며, 캄캄한 밤의 번개처럼 별안간 천지를 드러내고는 '저거 봐!' 하고 말할 틈도 주지 않은 채 다시 암흑의 아가리

속으로 삼켜지고 말아. 빠르고 빛나는 것이란 그렇게 순식간에 망쳐지는 법이거든.

허미아 만일 진정한 애인들이 언제나 방해를 받기만 한다면, 그건 그야말로 숙명이 아닐까요? 그렇다면 우리의 고통스러운 마음에 참을성을 가르쳐 주자고요. 이건 걱정이니 꿈이니 한숨이니 또는 희망이니 눈물이니 하는 것과 같이 사랑에게는 불가피한 훼방이니까요. 글쎄, 가련한 사랑에게 불가피한 훼방이라면 감수할 수밖에는 없어요.

라이샌더 좋은 생각이야. 허미아, 그렇다면 내 의견을 들어 보라고. 나에게는 고모가 한 분 계시는데 미망인이며 재산은 많지만 자녀는 없어. 아테네에서 21마일 가량 떨어진 시골에 살고 계시는데 나를 마치 자기가 낳은 외아들처럼 여기시지. 이봐, 허미아, 그곳에서는 내가 당신과 결혼할 수 있어. 아테네의 엄한 법률도 거기까지

5월 나무 운반하기

는 미치지 못해. 그러니까 당신이 정말 나를 사랑한다면 내일 밤 집에서 몰래 빠져나오라고. 나는 시내에서 3마일 가량 떨어진 숲 속, 언젠가 단오절 아침행사를 보러 가서 내가 당신과 헬레나를 만났던 그곳에서 기다리고 있겠어.

허미아 예, 좋아요, 라이샌더. 맹세하겠어요. 큐피드의 가장 강한 활에 걸고, 그의 황금 촉이 해진 가장 좋은 화살에 걸고, 비너스의 온순한 비둘기에 걸고, 영혼과 영혼을 결합시키고 사랑을 승화시키는 신에 걸고, 그리고 또한 저 배신한 트로이 사람 이니어스 Aeneas 가 돛을 달고 떠나는 것을 본 카르타고 Carthage의 여왕 다이도 Dido가 몸을 내던져 불타 죽었던 그 불에 걸고, 지금까지 남자들이 깨뜨린 모든 맹세, 즉 여자들이 한 맹세보다 더 많은 그 맹세에 걸고 저는 맹세하겠어요. 지금 당신이 제게 지정한 바로 그 장소에서 내일 꼭 만나겠다고 말이에요.

라이샌더 약속을 반드시 지켜줘, 허미아. 아니, 저기 헬레나가 오는군.

🌸 *헬레나가 복도를 지나간다.*

허미아 아, 예쁜 헬레나, 어디 가는 거냐?

헬레나 날 예쁘다고 하는 거야? 예쁘다는 그 말은 취소해. 디미트리어스는 네 아름다움에 넋을 잃었어. 아, 넌 행복한 미인이라고! 네 눈은 북극성이야. 그리고 네 혀는 산들바람인데, 보리가 푸르고 찔레꽃이 피는 계절에 목동의 귀를 간질이는 종달새의 지저귐보다도 더 상쾌해. 병은 전염된다는데, 아, 멋진 외모도 그렇다면, 아름다운 허미아, 나는 가기 전에 너의 멋진 외모에 전염되면 좋겠어. 그러면 나의 귀는 너의 음성에, 내 눈은 너의 눈에, 그리고 나의 혀는

너의 혀의 달콤한 곡조에 전염될 수 있을 텐데 말이야. 만일 온 세
상이 나의 것이라면 디미트리어스만을 빼놓고 나머지는 모두 너
에게 주어도 좋겠어. 아, 좀 가르쳐 줘. 넌 도대체 어떤 눈초리로
그이를 바라보며 어떤 수단으로 그이의 마음의 움직임을 조종하
는지 말이야.

허미아   내가 얼굴을 찌푸려도 그이는 여전히 날 사랑해.

헬레나   아, 너의 찌푸린 얼굴이 나의 웃는 얼굴에 그런 재주를 가르쳐 주
었으면 좋겠어!

허미아   내가 마구 욕을 해도 그이는 여전히 날 사랑해.

헬레나   아, 나의 기도가 그런 사랑을 불러일으킨다면 좋겠어!

헬레나 _ 아더 래크햄 작

허미아	내가 미워할수록 그이는 나를 더 쫓아다녀.
헬레나	내가 사랑할수록 그이는 나를 더 싫어해.
허미아	헬레나, 그이의 바보짓은 내 실수 때문에 그런 건 아냐.
헬레나	그건 그래. 하지만 너의 미모 탓이야. 그이의 바보짓이 내 실수 때문에 그런 거라면 좋겠다고!
허미아	넌 안심해도 좋아. 그이가 다시는 내 얼굴을 보지 못하게 될 테니까. 난 라이샌더와 함께 아테네에서 달아나기로 했어. 라이샌더를 알기 전에는 이곳이 낙원처럼 보였지만 말이야. 아, 그러니까 나의 사랑에 무슨 마력이 들어 있는지 이분은 천당을 지옥으로 바꾸어 놓았어!
라이샌더	헬레나, 너에게는 우리 계획을 알려주겠어. 내일 밤 달의 여신이 은빛 얼굴을 거울 같은 수면에 비추어보면서 풀잎들을 진주 이슬로 덮을 무렵, 도망치는 애인들의 발걸음소리도 들리지 않는 바로 그때, 우리는 아테네의 성문을 몰래 빠져 나가기로 했다고.
허미아	그리고 헬레나, 내가 가끔 너와 함께 가냘픈 앵초 꽃밭에 누운 채 서로 실컷 속마음을 터놓고 얘기하던 그 숲에서 나와 라이샌더는 만날 거야. 그런 다음 아테네를 등지고 새로운 친구들을 찾아 낯선 곳으로 떠나기로 했어. 그리운 헬레나, 잘 있어. 우리를 위해 기도해 줘. 너도 행운을 만나 디미트리어스와 결합하기를 빌어! 그러면 라이샌더, 약속을 지키세요. 서로 만나고 싶어 하는 우리의 마음이 내일 자정까지는 굶주리게 해야만 해요.
라이샌더	난 약속을 지키겠어, 허미아. *(허미아가 퇴장한다.)* 헬레나, 잘 있어. 당신이 디미트리어스를 사랑하듯이 그 사람도 당신을 사랑하기를 빈다고! *(퇴장한다.)*
헬레나	사람에 따라 행복이 이렇게도 차이가 있다니! 아테네 시내에서 나

도 저 애 못지않게 예쁘다는 소문이 났는데 말이야. 하지만 그게 어쨌다는 거야? 디미트리어스는 그렇게 생각하지 않거든. 누구나 다 아는 일을 오로지 그이만 몰라주는 거야. 그이가 허미아의 눈에 끌려서 넋을 잃고 있듯이 나는 그이의 장점만 동경하고 있는가 봐. 아무 가치도 없는 비천한 것도 연애하는 사람이 보면 훌륭한 형태를 취하게 되거든. 사랑의 눈으로 보지 않고 마음으로 보는 거야. 그러니까 날개가 달린 큐피드 Cupid는 장님으로 그려진 거야. 그뿐인가? 사랑의 마음은 조금도 분별심이 없어. 날개와 장님, 이거야말로 물불도 모르는 성미를 나타내는 거야. 그러니까 사랑의 신을 어린애라고 해. 글쎄, 늘 엉뚱한 짓만 하니 말이야. 흔히 장난꾸러기들이 맹세를 일부러 지키지 않지만, 사랑의 큐피드도 어디서나 거짓말만 하거든. 디미트리어스도 허미아의 눈을 보기 전까지는 자기의 애인이 나 혼자뿐이라고 맹세를 우박같이 쏟아 냈지만, 허미아의 열을 받더니 우박 같은 맹세도 그만 녹아 버렸어. 이제 가서 그이에게 허미아가 도망친다는 얘기를 해줘야겠어. 그러면 그이는 내일 밤 숲까지 저 애 뒤를 쫓아갈 거야. 그걸 알려주고 감사하다는 말을 들어 봤자 나로서는 값비싼 대가를 치르는 거야. 하지만 나는 가며오며 그이를 볼 수 있을 테니까, 그렇게 해서 나 자신의 마음을 더 괴롭게 만드는 거야. (퇴장한다.)

1막 2장

아테네, 피터 퀸스의 집.

🍀 퀸스, 보텀, 스너그, 플루트, 스노트, 스타블링이 등장한다.

퀸스   우리 패거리는 모두 여기 모였나?

보텀   명단대로 통틀어서 한 사람씩 불러 보는 게 제일 좋을 거야.

퀸스   이 명단은 공작의 결혼식 날 밤 공작과 공작부인 앞에서 공연할
        우리 여흥에 한 몫 낄 수 있을 만한 작자들의 이름을 아테네 시내
        를 샅샅이 뒤져서 적은 거야.

보텀	그런데 피터 퀸스, 우선 그 연극의 내용을 말해 줘. 그 다음에 배역들 이름을 부르라고. 그러고 나서 본론에 들어가란 말이야.
퀸스	참 그렇군. 우리 여흥이란 가장 슬픈 희극인데 피라머스 Pyramus 와 티비스 Thisby의 참혹한 죽음을 다루는 거야.
보텀	그건 정말 대단히 좋은 거야. 그리고 즐거운 거고. 그런데 피터 퀸스, 그 명단의 배우들 이름을 불러봐. 자, 자리를 넓혀라, 넓혀.
퀸스	그럼 부를 테니까 대답을 해. 직조공 니크 보텀.
보텀	여기 있어. 내 배역을 말해 줘. 그러고 나서 다음을 진행하라고.
퀸스	니크 보텀, 넌 피라머스 역을 맡아야겠어.
보텀	피라머스라니? 애인이야, 아니면 폭군이야?

목수들 _ 15세기 판화

퀸스	애인인데 사랑 때문에 굉장히 용감하게 자살하지.
보텀	멋있게만 해내면 관객들의 눈물을 짜내는 게 되겠군. 내가 그걸 맡는다면 관객들은 각자 자기 눈을 조심해야 돼. 난 폭풍을 일으키고 어느 정도 비탄에 젖게 할 테야. 그런데 그 다음에 누구누구지? 하지만 난 폭군 역이 제일 알맞아. 글쎄 허큘리즈 Hercules 장사의 근사한 역이나 고양이를 찢어 갈기는 역이라면, 이거 뭐 모든 관객을 물 끓듯이 만들 수 있고 말고.

바위들이 사정없이 굴러내려

무섭게 부딪치는 충격으로

감옥 문의 빗장들을

때려 부술 것이다.

그러면 태양신 피버스 Phoebus의 마차는

저 멀리 광채를 발산하면서

어리석은 운명의 여신들에게

흥망성쇠를 안겨 줄 것이다.

이건 굉장했어. 다음 배역들을 불러봐. 이건 허큘리즈 장사의 기질, 폭군의 기질이란 말이야. 애인 역이라면 좀 더 비탄적인 게 좋거든.

퀸스	풀무 수선공, 프란시스 플루트.
플루트	예, 피터 퀸스.
퀸스	플루트, 넌 티스비 역을 맡아야겠어.
플루트	티스비라니? 방랑하는 기사 말인가?
퀸스	아가씨야. 피라머스의 연애 상대라고.
플루트	제기랄, 난 여자 역은 안 되겠어. 수염이 나 있거든.
퀸스	가면을 쓰고 하니까 괜찮아. 될 수 있는 대로 작은 소리로 말해.

보텀 : 이건 허큘리즈 장사의 기질, 폭군의 기질이란 말이야.

보텀	가면을 쓰고 한다면 티스비 역도 내가 맡겠어. 들어봐. 이렇게 지독하게 작은 소리로 말할 테니까. "티스비, 티스비!" "아, 피라머스, 그리운 내 님이여! 저는 당신의 사랑스러운 티스비, 당신이 사랑하는 아가씨라고요!"
퀸스	그만해, 그만! 넌 피라머스 역을 맡아. 플루트, 너는 티스비 역을 맡고.
보텀	좋아. 그 다음을 계속해.
퀸스	재단사, 로빈 스타블링.
스타블링	예, 피터 퀸스.
퀸스	로빈 스타블링, 넌 티스비의 어머니 역을 맡아야겠어. 땜장이, 톰 스노트.
스노트	예, 피터 퀸스.

유쾌한 땜장이

퀸스	넌 피라머스의 아버지 역을 맡아. 난 티스비의 아버지 역을 맡지. 가구장이 스너그, 넌 사자 역을 맡아. 자, 이제 배역이 끝났어.
스너그	사자 역의 대사는 써놓았나? 써놓았다면 이리 줘. 글쎄, 난 머리가 둔하니까.
퀸스	넌 즉석에서 할 수 있어. 으르렁대기만 하면 되니까.
보텀	사자 역도 내가 하겠어. 내가 으르렁댈 거라고. 그걸 들으면 누구나 속이 후련해 질 거야. 내가 으르렁대면 공작은 이렇게 말할 거야. "한 번 더 으르렁대라. 한 번 더."라고 말이야.
퀸스	너무 사납게 으르렁대면 공작부인과 귀부인들이 놀라 비명을 지를 거야. 그렇게 되면 우린 모두 교수형 감이야.
모두	그렇고말고. 우린 모조리 교수형 감이야.
보텀	물론이지. 귀부인들이 하도 놀라서 정신을 잃는다면 어디 분별이라는 게 있겠어? 그저 우릴 교수형에 처하는 것밖에는 모를 테지.

하지만 난 속삭이는 듯한 큰 소리로 비둘기 새끼처럼 조용히 으르렁댈 거야. 소쩍새처럼 으르렁댈 거라고.

퀸스   넌 피라머스 역밖에는 할 수 없어. 피라머스는 상냥한 사내란 말이야. 흔히 볼 수 있는 사람이 아니라 아주 멋쟁이 신사다 이거야. 그러니까 피라머스 역은 반드시 네가 맡아 줘야만 해.

보텀   그렇다면 내가 맡겠어. 그런데 수염은 무슨 색깔로 하는 게 제일 좋을까?

퀸스   그건 네 마음대로 해.

보텀   보리 지푸라기 색깔, 아니, 황갈색, 아니, 자주색으로 할까? 아니, 완전히 노란 프랑스 금화의 색깔로 할까?

퀸스   어떤 프랑스 사람들의 머리는 매독 때문에 대머리야. 그러니까 너도 수염 없이 연기를 해라. 그런데 자, 이건 각자의 대사야. 내가 너희 모두에게 간청하고 요망하고 부탁하는데, 내일 밤까지 각자

대사를 암기하란 말이야. 그리고 시내에서 일 마일 가량 떨어진 숲속에 공작의 저택이 있는데, 달도 뜨는 그곳에서 만나 연습을 하자 이거야. 우리가 시내에서 만나면 사람들이 모여들고 우리 계획이 탄로나거든. 그때까지 난 연극에 필요한 도구 목록을 만들어 놓겠어. 그럼 잘들 부탁해.

보텀 알았어. 그곳이라면 실컷 마음대로 연습할 수 있지. 수고들 해라. 완전무결하게 해보잔 말이야. 모두 잘 가.

퀸스 공작 저택의 참나무 곁에서 만나자.

보텀 알았어. 모두 약속을 지키라고. *(모두 퇴장한다.)*

공작의 저택이 있는 숲.

🍀 아테네에서 일 마일 떨어진 곳이다. 나무를 베어낸 빈터는 울
퉁불퉁하고 이끼가 자라 있으며, 그 주위에 수풀이 둘러서 있
다. 달밤이다. 파크와 요정이 따로따로 들어온다.

파크   아니, 요정이로구나! 너 어디 가는 거야?

요정   산을 넘고 골짜기를 건너,

              덤불을 뚫고 찔레꽃들 통과하여,

              공원을 지나고 담을 넘어,

              물을 건너고 불을 통과하여,

              달보다도 더 빨리 나는

              사방 어디에나 돌아다니지.

              그래서 요정의 여왕의 지시에 따라

              여왕의 둥그런 풀밭에 이슬을 뿌리지.

              키가 큰 노란 앵초 꽃들은 여왕의 시동들,

              그 황금빛 외투에 점점이 박힌 것들은

              여왕이 선물한 루비들이며 그 보석마다

              앵초 꽃의 향기가 가득 고여 있지.

              나는 여기서 이슬방울들을 약간 모아서

앵초 꽃잎마다 진주를 달아주러 가야만 하지.

얼간이 시골뜨기야, 잘 있어. 난 가보겠어. 우리 여왕은 요정들을 거느리고 곧 이리 오실 거야.

파크 우리 임금님은 오늘 밤 여기서 잔치를 여신다고. 여왕은 얼씬도 하지 않는 게 좋을 거야. 오베론 임금은 지독하게 성이 나 계시거든. 글쎄, 여왕의 시동들 중에는 인도 왕에게서 훔쳐온 소년이 있잖아. 그렇게 귀여운 아이는 여왕도 처음 봤대. 그런데 오베론 임금은 샘이 나서 그 아이를 빼앗아 숲속을 다니실 때 시동들의 우두머리로 삼을 작정이야. 하지만 여왕은 그 귀여운 아이를 절대로 놓아주질 않고, 화환을 만들어 씌워 주는가 하면 이만저만 소중히 여기는 게 아니거든. 그래서 임금과 여왕은 숲에서나 들에서나, 맑은 샘가에서나 반짝이는 별들 아래에서나, 만났다 하면 기어코 싸우고 말지. 그래서 두 분에게 시중드는 요정들이 모두 겁을 먹고 도토리 껍질 속으로 기어들어 가서 숨어 버리는 실정이야.

요정 네 모습에 비추어 보니, 내 판단에 틀림이 없다면, 넌 저 영리한 장난꾸러기 요정 로빈 구드펠로우야. 마을의 처녀들이 소스라치게

놀라게 만드는 건 너지? 그리고 부인들이 숨을 헐떡거리며 우유를 휘젓고 있을 때 장난질을 쳐서 크림을 빼어버려 헛수고를 하게 만들거나, 때로는 술이 제대로 되지 않게 하거나, 밤길을 걸어가는 사람들이 길을 잃도록 만든 다음 골탕 먹은 그들을 비웃는 놈이 바로 너지? 그러면서도 너를 호브고브린 Hobgoblin 또는 파크 아기라고 부르는 사람들에게는 힘이 되어 주고 제법 행운도 안겨 주는 놈이 너지?

파크   그래, 네 말이 맞아. 나는 밤의 즐거운 방랑자야. 오베론 임금 앞에서는 어릿광대 노릇을 하지. 그래서 암컷 망아지의 흉내를 내며 '히힝' 하고 울어서 콩을 먹고 살이 찐 수컷 말을 속이면, 그걸 보고 오베론 임금은 빙그레 웃는단 말이야. 어떤 때는 구운 사과로 둔갑하여 수다쟁이 할망구의 술잔에 숨어 있는데, 그녀가 마시는 걸 기다렸다가 그녀의 입술을 툭 차서 그 쭈글쭈글한 모가지에 술을 쏟아 주기도 하지. 또는 영리한 아주머니가 가장 슬픈 얘기를 하려고 할 때 가끔 나를 세 발 걸상으로 잘못 알고 걸터앉으려는 순간 내가 슬쩍 피하면 아주머니는 '쿵' 하고 나가떨어지면서 "어머나" 하고 소리치고는 쿨룩쿨룩 기침을 하지. 그러면 그녀의 동료들은 모두 볼기짝을 치면서 깔깔대고 하도 우스워서 재채기를 하면서 그렇게 신나 본 적은 처음이라고 단언하지. 그런데 이 요정아, 길을 비켜. 저기 오베론 임금께서 오신단 말이야.

요정   게다가 우리 여왕께서도 오시잖아. 오베론 임금께서는 자리를 비켜주셨으면 좋겠어!

　　🍀 빈터에 갑자기 요정들의 무리가 몰려든다. 양쪽에서 오베론과
　　　 티테이니아가 각각 등장하여 마주본다.

오베론   거만한 티테이니아, 달밤에 재수 없이 만났군, 그래.
티테이니아 아니, 질투장이 오베론이라니! 요정들아, 모두 여기서 달아나라.
　　　　　 난 이분의 잠자리에는 물론, 그 곁에도 가지 않겠다고 맹세했거든.
오베론   거기 서 있어, 요 깍쟁이 같으니. 나는 당신의 남편이 아니냐?
티테이니아 그렇다면 전 당신 부인이어야만 하게요? 하지만 저도 다 알고 있
　　　　　 어요. 당신이 요정의 나라에서 몰래 빠져나간 뒤 목동 코린 Corin

파크 : 나는 밤의 즐거운 방랑자야.

으로 변장한 채 하루 종일 보리 짚 피리를 불고 연가를 노래하면
서 시골 처녀 필리다 Phillida를 낚으려고 했다는 걸 말이에요. 저
머나먼 인도의 초원지대에서 당신이 이곳에 온 이유도 저는 안다
고요. 글쎄, 당신이 좋아하는 저 여장부, 장화를 신은 아마존 계집
년과 티시어스 공작의 결혼을 주재하고, 두 사람의 신방에 기쁨과
행복을 가져다주기 위해서 온 게 아니겠어요?

오베론   여보, 나와 히폴리타의 관계를 그렇게 억측하다니 부끄럽지도 않
아? 당신과 티시어스와의 관계를 나도 알고 있다는 걸 당신도 알
고 있으면서 말이야. 글쎄, 공작이 폭력까지 써서 자기 아내로 삼
은 페리거니아 Perigenia를 버린 것도, 별이 반짝이는 밤에 당신
이 공작을 꼬여내 갔기 때문이 아닌가? 그뿐만 아니라 공작이 어
여쁜 이글리즈 Aegles에게 한 맹세를 깨뜨리게 한 것도, 애리애드
니 Ariadne나 앤타이어퍼 Antiopa에게 한 맹세를 깨뜨리게 한 것
도 당신이 아닌가?

티테이니아　　그건 모두 질투에서 나온 터무니없는 말이에요. 여름이 중반으로 접어들 때부터 산에서, 계곡에서, 숲이나 목장에서, 바닥에 조약돌이 깔린 샘 곁에서, 골풀이 우거진 시냇가에서, 또는 바닷가의 모래사장에서 우리가 산들바람에 맞추어 서로 손을 잡고 둥글게 춤을 추려고 하면, 당신은 반드시 나타나서 시비를 걸고 흥을 깨어 놓고는 했어요. 따라서 산들산들 불어도 보람이 없다는 것을 안 바람은 그 원한 때문에 바다에서 독기 찬 안개를 빨아들였다가 육지에 쏟아 놓는 통에 하찮은 강들마저 모조리 범람하고 대지는 온통 물바다가 되었다고요. 그 결과, 소가 쟁기를 끌어도 헛일이 되고 농부는 공연히 땀만 흘렸으며, 파릇파릇한 보리는 새 이삭

티테이니아 : 오베론, 달빛 아래 잘못 만났다.

도 나기도 전에 썩어 버렸지요. 물에 잠긴 들판에서는 가축우리가 텅 비게 되고, 가축들의 시체 덕분에 까마귀들만 배가 불렀지요. 게다가 아홉 명이 추는 모리스 morris 춤의 놀이터도 진흙에 덮이고, 무성한 풀밭의 교묘한 미로들은 걸어 다니는 사람이 없기 때문에 알아볼 수도 없어요. 사람들은 여기 겨울이 오기를 바라는가 하면, 이제는 풍년을 축하하는 여름밤의 노래도 없다고요. 그래서 밀물과 썰물을 지배하는 달은 분노로 얼굴이 창백해지고 대기를 습하게 만들어 그 바람에 류머티스 환자만 늘지요. 이런 걸 보면 계절들이 모조리 망령이 난 것만 같아요. 허연 백발 같은 서리가 진홍색 장미꽃의 싱싱한 꽃잎에 내리는가 하면, 동장군 Hiems의 차디찬 대머리를 향기로운 여름날의 꽃봉오리들이 조소라도 하듯이 화환처럼 장식하니 말이에요. 봄, 여름, 오곡을 추수하는 가을, 혹심한 추위의 겨울 등 사계절이 평소에 입던 옷을 서로 입어요. 그래서 세상 사람들은 어리둥절한 채, 그때그때의 자연 현상만 보아서는 무슨 계절인지 모를 수밖에 없지요. 그런데 이 모든 재앙의 화근은 바로 우리 사이의 언쟁과 불화라고요. 우리 자신이 이 화근의 장본인이며 원천이라고요.

오베론 그렇다면 당신이 회개해. 화근은 당신에게 있어. 왜 티테이니아는 자기 남편인 오베론에게 반항해야만 하는 거야? 나는 다만 저 어린 소년을 내 시동으로 삼으려고 달라는 것뿐인데 말이야.

티테이니아 다른 건 몰라도 그것만은 단념하세요. 그 애는 요정의 나라 전체를 준다 해도 난 바꿀 수 없으니까요. 그 애 어머니는 나의 신조를 열렬히 신봉했지요. 그리고 저 인도의 향기로운 밤에 내 곁에 앉아 흔히 세상얘기도 했다고요. 그녀와 나는 낮에 바다의 신 넵튠 Neptune의 노란 모래사장에 같이 앉아서 항해하는 상선들을 헤

언쟁 _ J. N. 패턴 작

아리는가 하면, 돛이 부질없는 바람을 받아 임신한 배처럼 팽팽하게 부푼 모습을 보고는 같이 깔깔대며 웃기도 했지요. 그때 그녀는 나의 젊은 시종의 애를 배어 배가 매우 불룩했는데, 돛단 상선을 흉내 내서 그 뒤를 좇아 헤엄치듯이 예쁜 걸음걸이로 바닷가를 쏘다니면서 온갖 물건들을 주워서 나에게 돌아왔어요. 마치 항해에서 돌아오는 상선이 상품을 가득 싣고 오듯이 말이에요. 하지만 그녀는 유한한 목숨의 인간이기 때문에 그 애를 낳다가 죽었어요. 그래서 난 그 애 어머니 때문에 그 애를 기르고 있고 또한 그 애 어머니를 봐서라도 그 애와 헤어질 수가 없단 말이에요.

티테이니아와 바다의 신 넵튠 Neptune의 노란 모래 _ W. N. 패턴 작

오베론   이 숲에는 언제까지 머물 작정이지?

티테이니아   글쎄요, 티시어스 공작의 결혼식이 끝날 때까지는 제가 여기 있겠지요. 당신이 인내심을 발휘하여 우리와 함께 춤을 추시겠다면, 그리고 달빛 아래 벌이는 우리의 잔치를 보고 싶으시다면 우리를 따라 오세요. 그럴 의향이 없으시다면 제 곁을 떠나 아무 데로나 가 버리세요. 그러면 저도 당신을 좇아다니며 방해하지는 않겠어요.

오베론   그 아이를 내놓으란 말이야. 그러면 내가 당신을 따라가겠어.

티테이니아   당신이 다스리는 요정의 나라를 모두 준다고 해도 안 돼요. 요정
들아, 자, 가자! 내가 여기 더 있다가는 우리가 싸우게 될 테니까.
(화가 난 채 수행원들을 거느리고 퇴장한다.)

오베론   좋아, 제 멋대로 가봐. 하지만 이 숲에서 나가지는 못 해. 내가 가
만히 둘 것 같아? 이봐, 파크, 이리 와. 너는 기억하고 있겠지. 언젠
가 내가 곶에 앉은 채 인어가 돌고래 등에서 노래하는 것을 들었
던 일을 말이야. 어찌나 산뜻하고 고운 노래였던지, 거친 바다도
잔잔해졌고 하늘의 별들도 그 노랫가락을 들으려고 궤도로부터
미친 듯이 뛰어 내려왔지.

파크   네, 기억하고 있지요.

오베론   넌 몰라봤지만, 그때 내가 얼핏 보니까 큐피드가 차디찬 달과 이
지구 사이를 날면서 화살을 겨누었어. 그 목표는 서쪽 나라의 옥

언젠가 내가 곶에 앉은 채 인어가 돌고래 등에서
노래하는 것을 들었던 일을 말이야.
_ 아더 래크햄 작

좌에 앉아 있는 베스타 Vesta 성(星), 즉 저 아름다운 처녀 여왕이
었지. 그때 그 사랑의 화살은 활시위를 떠나 무수한 사람의 심장
을 꿰뚫을 듯한 기세였지만, 큐피드의 저 맹렬한 화살도 물 같이
차고 순결한 달빛에는 그만 식어버렸고, 처녀 여왕은 순수한 생각
에 잠긴 채 사랑의 번민도 없이 그냥 지나가고 말았지. 그때 난 이
큐피드의 화살이 떨어진 곳을 눈여겨 보아두었어. 서쪽 나라에 작
은 꽃이 있었는데 여태껏 우유처럼 하얗던 것이 사랑의 화살에 상
처를 입고 금방 자주색으로 변해 버렸어. 그래서 처녀들은 그 꽃
을 사랑의 꽃이라고 부르지. 자, 그 꽃을 꺾어서 가져와라. 언젠가
내가 너에게 보여 준 적이 있는 그 꽃을 가져오란 말이야. 그 꽃의

즙을 짜서 잠든 사람의 눈에 발라 놓으면, 남자든 여자든 미칠 듯이 연애감정에 사로잡히고, 잠에서 깨어나면 처음 눈에 보이는 사람에게 넋을 잃고 말지. 그 꽃을 꺾어가지고 빨리 돌아와라. 고래가 일 리그를 헤엄치는 것보다 더 빨리 말이야.

파크   저는 사십 분이면 지구를 한 바퀴 돌아서 올 수 있다고요. (*파크가 퇴장한다.*)

오베론 그 즙을 손에 넣기만 하면 나는 티테이니아가 잠자는 틈을 지키고 있다가 그녀의 눈에 발라 놓을 테야. 그러면 눈을 뜨면 그녀는 사자든, 곰이든, 늑대든, 여우든, 장난이 심한 원숭이든 뭐든 처음 보는 것을 사랑에 미쳐서 쫓아다니게 될 거란 말이야. 그리고 다른 약초를 써서 내가 그 힘을 그녀의 눈에서 제거해 주기 전에 그녀가 그 시동 아이를 나에게 넘겨주도록 만들겠어. 그런데 여기 누가 오는군. 나는 사람들의 눈에는 보이지 않으니까 저 사람들이

파크 : 저는 사십 분이면 지구를 한 바퀴 돌아서 올 수 있다고요. _ 헨리 푸셀리 작

주고받는 말을 엿들어야겠어.

🍀 *디미트리어스가 들어온다. 헬레나가 뒤쫓아 들어온다.*

디미트리어스 나는 너를 사랑하지 않으니까 쫓아오지 말란 말이야. 라이샌더와 허미아는 어디 있는 거야? 난 그 자식을 죽여 버릴 거야. 그런데 그 여자는 날 죽이는군. 넌 그들이 이 숲 속으로 도망쳤다고 나에게 말해서 내가 여기까지 쫓아왔지만, 이 숲속에서 허미아는 보이지도 않으니 난 미칠 것만 같다고. 그러니 나를 그만 쫓아오고 썩 돌아가란 말이야!

헬레나 당신이 저를 끌어당겨요. 당신은 냉혹한 심장을 가진 자석이라고요! 하지만 당신은 쇠붙이를 끌어당기는 게 아니에요. 제 심장은 강철이나 다름없는 것이거든요. 당신은 자력으로 저를 끌어당기지 마세요. 그러면 저도 당신을 따라갈 힘이 없을 거예요.

디미트리어스 내가 너를 유혹한다는 거야? 내가 너에게 말이라도 곱게 하나? 아니, 오히려 나는 너를 사랑하지도 않고 사랑할 수도 없다고 분명히 말하고 있잖아?

헬레나 바로 그렇기 때문에 저는 당신을 더욱 좋아한다고요. 디미트리어스, 저는 당신의 스패니얼 spaniel이에요. 스패니얼은 매를 맞으면 맞을수록 더욱 꼬리를 흔들며 달라붙지요. 저를 당신의 스패니얼로 취급하세요. 발로 차든지, 때리든지, 모른 척하든지, 잊어버리든지 마음대로 하세요. 다만 제가 아무리 하찮은 여자라 해도 당신 곁에 있도록 허락만 해주세요. 당신의 사랑을 그 이상은 바라지 않겠어요. 그것만 해도 저에게는 과분한 처지니까요.

다미트리어스 내 영혼마저 너를 싫어하게 만드는 말은 집어치워. 정말이지 난 네 꼴만 봐도 구역질이 나니까.

헬레나 　 당신이 곁에 없으면 저는 안절부절 못해요.

디미트리어스 　 넌 처녀다운 염치가 너무나도 없어. 이렇게 도시를 떠나서 자기를 사랑하지도 않는 남자의 손에 함부로 몸을 맡기다니 말이야. 더구나 밤에, 그리고 인적 없는 곳에서 상대방이 무슨 나쁜 생각을 품을지 모르는 판에, 너는 보배같이 귀한 처녀의 몸인데 말이야.

헬레나 　 당신의 미덕이 있어서 저는 안심이 되지요. 제가 당신의 얼굴을 바라보는 한 밤은 아니거든요. 그래서 저는 지금이 밤이라고 생각하지 않아요. 그리고 이 숲은 인적 없는 곳도 아니라고요. 저에게는 당신이 이 세상 전체거든요. 그러니까 제가 홀로 여기 있다고는 말할 수 없어요. 이 세상 전체가 저를 바라보고 있으니까요.

디미트리어스 　 그럼 난 도망쳐서 덤불 속에 숨어 버릴 테야. 그리고 들짐승들이

그리핀 _ 16세기 목판화

	제멋대로 하도록 너를 내버려둘 테야.
헬레나	아무리 사나운 맹수라 해도 당신처럼 냉혹하지는 않아요. 언제든지 마음대로 달아나세요. 그러면 이야기가 거꾸로 되겠군요. 아폴로 Apollo는 달아나고 오히려 대프니 Daphne가 뒤를 쫓게 되는 거지요. 비둘기가 독수리를 쫓아가고, 온순한 암사슴이 호랑이를 잡으려고 마구 쫓아가게 되는 거라고요. 하지만 아무리 쫓아가 봤자 헛수고지요. 약한 놈이 쫓아가고 강한 놈이 달아나니까!
디미트리어스	일일이 따지고 있을 수는 없으니까 나는 가야겠어! 네가 기어코 쫓아오겠다면 할 수 없지만 안심하지는 말라고. 숲속에서 나에게 봉변을 당할지도 모르거든.
헬레나	사실 당신은 성당에서나, 도시에서나, 들판에서나 제가 봉변을 당하게 해요. 쳇, 디미트리어스! 당신의 행동은 여성 전체에 대한 모욕이라고요. 남자들은 애정에 도전할 수 있지만 여자들은 그럴 수가 없어요. 여자들은 구애를 받아야 하지, 구애를 할 수는 없단 말이에요. *(디미트리어스가 퇴장한다.)* 그래도 저는 당신을 따라가겠어요. 그리고 제가 이렇게까지 사랑하는 사람의 손에 걸려 죽는다면, 이 지옥 같은 고통도 천당의 기쁨으로 변할 거예요. *(헬레나가 퇴장한다.)*
오베론	아름다운 처녀야, 잘 가라. 저 남자가 이 숲을 빠져나가기 전에 나는 네가 달아나는 쪽이 되고 저 남자가 너의 사랑을 애걸하는 쪽이 되게 해놓을 게야. *(파크가 등장한다.)* 그 꽃은 가져왔느냐? 파크, 수고했다.
파크	예, 여기 있어요.
오베론	자, 그걸 이리 줘. 그런데 내가 알기로는 저쪽 둑에 야생 백리향이 만발하고 앵초도 자라며, 오랑캐꽃은 바람에 살랑거리지. 더욱이

향기로운 인동이니 사향장미니 찔레 등이 천정처럼 덮고 있어. 티테이니아는 밤이면 곧잘 그곳에 가서 꽃밭에 누워 즐거운 춤에 취하여 잠이 들지. 그리고 뱀은 거기 자기 에나멜 껍질을 벗어놓아서 요정에게 꼭 알맞은 옷을 남겨 놓지. 그때 나는 이 꽃의 즙을 그 여자의 눈에 발라놓을 테야. 그러면 그 여자의 마음속이 밉살스러운 환상들로 가득 차게 될 거야. 너도 이 즙을 약간 가지고 가서 이 숲속을 샅샅이 뒤져라. 아테네의 어느 아름다운 처녀가 사랑에 빠져 있는데 상대방 청년은 거절하고 있거든. 그 청년의 눈에 이 즙을 발라줘라. 하지만 그 남자가 눈을 뜨고 처음 보는 것이 그 처녀가 되도록 해야만 해. 그 남자는 아테네 사람의 옷을 입고 있으니까 너는 금세 알아볼 수 있을 거야. 그 여자가 남자를 사랑하는 것보다 남자가 그 여자를 더 사랑하도록 이 꽃의 즙을 조심해서 다루어라. 그리고 넌 첫닭이 울기 전에 나에게 돌아와야만 해.

파크   염려 마세요. 그렇게 하겠어요. *(모두 퇴장한다.)*

2막 2장

숲속의 다른 곳.

🌿 *잔디밭 뒤쪽에 큰 참나무가 서 있다. 그 나무 뒤에는 높은 둑이 있고 덩굴이 이 둑 위를 덮고 있는데 그 한쪽에서는 가시덤불*

꽃향기가 진하게 풍긴다. 티테이니아가 둑 밑 그늘에 누워 있고 요정들이 시중을 들고 있다.

티테이니아 자, 이번에는 원무를 추고 요정의 노래를 불러라. 그런 다음 여기서 떠나라. 어떤 요정들은 이십 초 동안 사향장미 봉오리에 있는 벌레들을 죽여라. 또 어떤 요정들은 박쥐들과 싸워서 그 날개들을 가져와라. 내가 그걸로 작은 요정들의 외투를 만들어 줘야겠으니까 말이야. 그리고 어떤 요정들은 저 시끄러운 올빼미를 몰아내 버려라. 밤마다 울어대서 나의 귀여운 요정들을 놀라게 만드는 그 올빼미 말이야. 내가 이제 잠을 한숨 잘 테니 노래를 불러라. 그러고 나서 각자 자기 일을 하러 가라. 난 좀 쉬어야겠으니 말이야.

요정들의 노래 혓바닥이 둘인 얼룩 뱀들과
가시 돋친 고슴도치들은 모습을 감추어라.

도롱뇽들과 도마뱀들도 장난치지 말며

우리 여왕님 곁에 얼씬대지도 마라.

코러스 감미롭게 노래하는 소쩍새야,

자장가를 불러라.

자장자장 잘 자라고,

자장자장 자장가를 불러라.

사랑스러운 우리 여왕님 곁에는

어떠한 해악도 결코 닥치지 말고

마술도 요술도 얼씬대지 마라.

그래서 자장가 소리에 여왕님이

밤잠을 편히 주무시게 해라.

요정 1 거미들아, 이곳에 거미줄을 치지 마라.

다리 긴 왕거미들아, 썩 꺼져버려라!

딱정벌레들아, 여기 얼씬대지 마라.

벌레도 달팽이도 장난치지 마라.

코러스 감미롭게 노래하는 소쩍새야,

자장가를 불러라.

자장자장 잘 자라고,

자장자장 자장가를 불러라.

사랑스러운 우리 여왕님 곁에는

어떠한 해악도 결코 닥치지 말고

마술도 요술도 얼씬대지 마라.

그래서 자장가 소리에 여왕님이

밤잠을 편히 주무시게 해라.

(티테이니아가 잠이 든다.)

오베론 : 네가 잠이 깨서 무엇을 보든, 그것이 너의 진짜 애인이 되고,
　　　　너는 사랑의 고민을 맛보아라.

| 요정 2 | 여기서 떠나가자! 이제 모두 잘 됐어. 한 명이 보초를 서라. (요정들이 퇴장한다.) |

오베론이 나타나서 둑 위를 날아다니다가 내려서서 티테이니아의 눈에 꽃즙을 바른다.

| 오베론 | 네가 잠이 깨서 무엇을 보든, 그것이 너의 진짜 애인이 되고, 너는 사랑의 고민을 맛보아라. 그것이 살쾡이든, 고양이든, 곰이든, 또는 표범이든, 털이 곤두선 산돼지든, 네가 잠을 깨서 처음 눈에 보이는 게 네 애인이야. 제발 어떤 흉악한 것이 곁에 있을 때 너는 잠에서 깨어나라. (오베론이 퇴장한다.) |

라이샌더와 허미아가 등장한다. 허미아는 라이샌더에 기댄 채 그의 팔에 안겨 있다.

라이샌더	이봐, 허미아, 당신은 숲속을 헤매다가 지친 모양이로군요. 사실 나도 길을 모르겠어요. 좀 쉬어가도 괜찮겠지요? 날이 밝을 때까지 기다립시다.
허미아	네, 그렇게 해요. 당신은 어디 누울 곳을 마련하세요. 저는 이 둑을 베개 삼아 눕겠어요.
라이샌더	잔디 한 폭이면 우리 두 사람의 베개로 충분할 거요. 마음도 하나고, 잠자리도 하나며, 가슴은 두 개라 해도 진실은 하나지요.
허미아	그러면 안돼요. 제발 저만큼 떨어져서 누우세요. 이렇게 가까이는 안돼요.
라이샌더	아, 나의 순진한 마음을 오해하지는 말아요! 애인끼리는 설명이

필요하지 않지요. 글쎄 내 말의 의미는 내 마음이 당신의 마음과 맺어져 있고, 따라서 우리는 한 마음 한 뜻이란 것이지요. 그리고 우리의 두 가슴은 한 가지 맹세로 맺어져 있으니까 두개의 가슴이라 해도 한 가지 진실이란 말이지요. 그러니까 내가 당신 곁에 눕게 해 줘요. 이봐, 허미아, 나는 당신 곁에 누워도 허튼 수작은 하지 않을 테니까요.

허미아 당신 말은 참으로 교묘하군요. 아녜요, 당신이 그런 허튼 수작을 할 것이라는 말이 제 입에서 나온다면 저야말로 못된 여자이겠지요! 하지만 제발 사랑과 예의를 위해서라도 점잖게 저만큼 가서 누우세요. 결혼 전의 순결한 남녀에게 알맞을 만한 거리를 두고, 저리 가서 누우세요. 이제 됐어요. 안녕히 주무세요. 당신의 귀한 목숨이 붙어있는 날까지 마음이 변하지는 마세요!

라이샌더 아멘, 물론이지요. 내 마음이 변하는 날에는 난 벼락을 맞아도 좋다고요! 난 여기에 눕겠어요. 잠이 당신에게 충분한 휴식을 주기를 기원해요.

허미아 그 기원의 절반은 당신의 눈에 깃들기를 바라겠어요. *(두 사람이 모두 잠이 든다.)*

🍀 *파크가 등장한다.*

파크 나는 숲속을 샅샅이 뒤져 보았어. 하지만 아테네 사람은 꼴도 볼 수 없었어. 그의 눈에 발라서 연애감정이 발동하는지 어떤지 이 꽃의 효험을 시험해 봐야 할 텐데 말이야. 지금은 한밤중이라서 고요하구나! 이게 누구냐? 입은 옷을 보니 아테네 사람이군. 바로 이 사람이야. 오베론 임금님의 말씀에 이 청년이 어떤 아테네 처녀를 그토록 싫어한다고 했지. 그 처녀도 이 습기 차고 더러운 땅 바닥 위에 곤하게 잠들어 있군. 가련한 여자 같으니! 요 무정한 깍쟁이 곁에 눕지도 못하다니. *(라이샌더의 눈에 꽃의 즙을 바른다.)* 요 녀석, 내가 신비한 효력을 가진 약즙을 네 눈에 잔뜩 발라 놓았으니, 너는 눈을 뜨면 사랑에 미쳐서 영영 안식을 잃을 게야. 내가 물러가면 너는 잠에서 깨어나라. 이제 난 오베론 임금님에게 가봐야지. *(파크가 퇴장한다.)*

🌸 *디미트리어스와 헬레나가 뛰어 들어온다.*

헬레나   디미트리어스, 저를 죽여도 좋으니 기다려 줘요.
디미트리어스   저리 가라니까. 이렇게 귀찮게 나를 쫓아다니지 말란 말이야.
헬레나   아, 어둠 속에 저를 내버려둘 작정인가요? 그러지는 말아요.
디미트리어스   따라오면 죽여 버릴 거야! 난 혼자 갈 테야. *(퇴장한다.)*
헬레나   아, 바보같이 쫓아가다 보니 난 숨마저 끊어지겠어. 나는 기도를 하면 할수록 그 효험이 더욱 적어지기만 해. 지금 어디 있는지는 몰라도 허미아는 행복하지 뭐야. 타고 난 저 예쁜 눈의 덕분이지. 그 애 눈은 어쩌면 그렇게도 빛날까? 짠 눈물 때문에 그런 건 아니겠지. 만일 눈물 때문에 그렇다면 내 눈이 그 애 눈보다 훨씬 더 여러 번 눈물에 씻어졌어. 아니

파크 : 나는 숲속을 샅샅이 뒤져 보았어.

헬레나 : 아, 바보같이 쫓아가다 보니
난 숨마저 끊어지겠어.

야, 아니라고. 나는 곰처럼 못 생긴 거야. 글쎄 짐승들도 나를 보면 질겁하고 달아나거든. 그러니까 디미트리어스도 나만 보면 괴물이라도 만난 것처럼 달아나지. 이건 조금도 이상한 게 아니야. 망할 놈의 거짓말쟁이 거울은 어쩌자고 나로 하여금 허미아의 별 같은 눈과 비교하게 만들었어? 그런데 저건 누굴까? 라이샌더잖아! 저렇게 땅바닥에 누워 있다니! 죽었나? 잠을 자고 있는 건가? 피나 상처는 보이지 않아. 이봐요, 라이샌더, 살아 있다면 일어나세요.

라이샌더 (잠을 깨며) 아, 당신을 위해서라면 난 불속에도 뛰어들 거요. 햇빛같이 아름다운 헬레나, 자연의 불가사의라고나 할까, 당신 가슴을 통하여 당신의 마음이 환히 비쳐 보이는군요. 디미트리어스는 어디 갔지? 아, 저 치사한 자식은 내 칼에 맞아죽어야 마땅해!

헬레나	그러지 말아요, 라이샌더. 그렇게 말하면 안돼요. 그이가 당신의 허미아를 사랑한다고 해서 그게 어떻다는 거예요? 나쁠 건 없잖아요? 허미아는 여전히 당신만 사랑하고 있으니 당신은 만족하실 수 있잖아요.
라이샌더	내가 허미아에 만족할 수 있다니! 천만에. 그 여자와 지루하게 보낸 시간이 이제야 후회가 되는군요. 내가 사랑하는 여자는 허미아가 아니라 헬레나라고요. 누가 까마귀를 비둘기와 바꾸지 않겠어요? 남자의 욕망은 분별력에 좌우되는 법인데, 나의 분별력은 말하기를 당신이 더 훌륭하다는 거요. 성장하는 것이란 자기 때가 올 때까지는 익지 않는 법이지요. 내가 그랬지요. 젊기 때문에 여태껏 분별력이 다 익지 못했던 거요. 그러나 이제는 사람의 지혜의 높이에도 키가 닿게 되었으니 분별력이 욕망을 지배하여 이렇게 나를 당신의 눈에 인도하게 된 것이지요. 당신의 눈이야말로 향기로운 사랑의 이야기들이 적혀진 책이라고요. 나는 거기서 온갖 사랑의 이야기를 읽고 있는 것이지요.
헬레나	도대체 저는 무슨 악운을 타고 났기에 이토록 심하게 조롱을 당해야만 하는 가요? 당신이 이렇게 저를 조롱하시다니, 제가 무슨 짓을 했단 말인가요? 저는 지금까지 한 번도 디미트리어스의 고운 시선을 받아 보지 못했어요. 저는 그럴 만한 가치도 없는 여자예요. 그런데 그것도 부족해서 당신마저 이 못난 저를 조롱하시는 건가요? 정말 너무하시네요! 이토록 야비한 구애가 어디 있겠어요? 저는 이제 그만 가겠어요. 하지만 저는 당신을 좀 더 점잖은 분으로 알고 있었다고요. 아, 내 신세 좀 봐. 한 남자한테는 거절당하고, 그것 때문에 다른 남자한테는 조롱을 당하다니! (헬레나가 퇴장한다.)

라이샌더	헬레나는 허미아를 미처 보지 못했어. 허미아, 거기서 자고 있으라고, 내 곁에는 영영 오지 말란 말이야! 달콤한 음식일수록 싫어지면 위장에 더욱 지독한 염증을 초래하고, 사교에서 벗어난 사람들은 과거에 속았던 것만큼 무럭무럭 더욱 증오심을 품게 마련인데, 그와 마찬가지로 이 여자는 나의 달콤한 음식, 나의 사교였거든. 허미아, 모든 사람의 미움을 받아 봐라. 특히 나한테서는 가장 지독한 미움을 받아보란 말이야! 자, 나는 이제 애정과 역량을 다하여 헬레나를 숭배하고 그녀의 기사가 되어야겠어. (*라이샌더가 퇴장한다.*)
허미아	(*잠을 깨면서*) 사람 살려요, 라이샌더, 사람 살려요! 제 가슴 위의 이 뱀을 빨리 치워줘요! 아이, 무서워라! 이게 무슨 꿈이란 말인가! 라이샌더, 보세요. 난 이렇게 떨린다고요. 뱀이 제 심장을 삼키려고 하는데, 당신은 앉아서 웃기만 하고, 뱀이 삼키라고 내버려두는 줄만 알았어요. 라이샌더! 아니, 어디로 가셨지? 라이샌더! 아니, 안 들리시나? 아, 어디 계세요? 들리거든 대답해 봐요, 제발 대답해 봐요. 역시 이 근처엔 안 계시는가 보군. 그렇다면 나는 죽음의 귀신, 아니면 그이를 곧 만나게 되겠지. (*허미아가 퇴장한다.*)

3막 1장

앞 장면과 같은 장소.

🍀 퀸스(보따리를 들고 있다.), 스너그, 보텀, 플루트, 스노트, 스타
　블링이 어슬렁어슬렁 들어와서 참나무 밑에 집합한다.

보텀　　다들 모였나?

퀸스　　됐어, 연습하기엔 장소가 아주 안성맞춤이야. 이 잔디밭을 무대로 하고, 이 찔레 덤불은 준비실로 하자. 그리고 공작이 관람한다고 생각하면서 연극을 해보자고.

보텀 이봐, 피터 퀸스!

퀸스 왜 그래, 보텀 장사?

보텀 글쎄, 이 피라머스와 티스비의 희극에는 좀 언짢은 대목이 있어. 첫째, 피라머스가 칼을 뽑아 자살하는 대목 말인데, 귀부인들은 질색할 거야. 넌 어떻게 생각해?

스노트 그건 그럴 거야. 다들 놀라 자빠질 거라고.

스타블링 그러니까 결국에는 자살 장면을 보류해야만 하겠군.

보텀 아니, 그럴 건 없어. 나에게 묘안이 있거든. 해설을 붙이면 어떨까? 우리가 칼을 쓰기는 쓰지만 상처는 내지 않을 것이며, 피라머스도 실제로 죽는 건 아니라고 그 해설에서 미리 말해 두자 이거야. 게다가 더 확실하게 안심시키자면, 나는 피라머스의 배역을 맡았지만 사실은 피라머스가 아니라 직조공 보텀일 뿐이라고 털어놓는 거야. 그렇게 해두면 아무도 무서워하지 않을 게야.

퀸스 그러면 해설을 붙여 보자고. 장단은 팔육 조로 하는 게 좋겠어.

보텀 아니, 둘을 더 붙여서 팔팔 조로 하자.

스노트 그런데 귀부인들이 사자를 무서워하지는 않을까?

스타블링 그야 틀림없이 무서워하겠지.

보텀 여러분, 이건 신중히 생각하지 않으면 안 될 문제야. 단언하지만, 귀부인들 앞에 함부로 사자를 끌어내는 건 위험천만이거든. 살아 있는 사자보다 더 무서운 야수는 없으니까 말이야. 이건 조심해야만 해.

스타블링 그러니까 해설을 하나 더 붙여서 이건 진짜 사자가 아니라고 털어 놓아야겠어.

보텀	아니, 그보다도 사자의 배역을 맡은 사람이 자기 이름을 공개해야 지. 그리고 사자의 모가지로부터 얼굴을 절반쯤 내놓으라고. 그리고 좌우간 이렇게 말하란 말이야. "숙녀 여러분" 이라고 하든가, "아름다운 숙녀 여러분, 제가 부탁을 드리겠어요." 라고 하든가, "제가 한 가지 요망사항이 있지요." 라고 하든가, "제가 간청합니 다만, 제발 놀라지도 말고 떨지도 마세요. 이건 제 일생일대의 소 원이라고요. 제가 한 마리의 사자로 여기 등장한 것이라고 여러 분이 생각하신다면, 이건 정말 제 일생일대의 유감이지요. 천만 에, 저는 결코 그런 야수가 아니거든요. 저도 다른 사람들과 똑같 이 인간이다 이거요." 라고 하란 말이야. 어쨌든 그렇게 자기를 밝 혀버리라고. 아니, 가구장이 스너그라고 분명히 말해 버리란 말 이야.
퀸스	그야 그렇게 하는 게 좋겠어. 그런데 두 가지 난처한 일이 있어. 그게 뭐냐고 하면, 저택의 넓은 홀 안으로 달빛을 끌어들이는 게 문제다 이거야. 알다시피 피라머스와 티스비는 달밤에 만나거든.
스노트	우리가 연극을 공연하는 그날 밤에 달은 떠 있나?
보텀	달력! 달력! 달력을 들여다보자. 그 날 달이 떠있는지 보자. 달이 떠있는지 보자고.

🌸 *퀸스가 보따리에서 달력을 꺼내서 들춰본다.*

퀸스	음, 그날 밤에 달이 떠있어.
보텀	그러면 문제없어. 넓은 홀의 창문을 열어 놓고 연극을 공연하면 달빛이 창문으로 비쳐들 거야.
퀸스	그래도 좋아. 아니면, 누군가 싸릿대 다발과 등불을 들고 들어와

	서는 자기가 달빛의 역할을 하는 것이라고 말하면 되지. 그런데 또 한 가지 문제가 있어. 넓은 홀 안에는 돌담이 있어야만 해. 연극의 줄거리를 보자면, 피라머스와 티스비는 돌담의 뚫어진 틈을 통해서 말을 주고받거든.
스노트	돌담을 안으로 끌어들일 수는 없어. 네 의견은 어때, 보텀?
보텀	그거야 누군가 돌담의 배역을 맡아야만 하겠어. 그리고 벽토든지 진흙이던지 마무리용 초벽 감이든지 들고 들어가야만 해. 그가 돌담이라는 걸 누구나 알도록 하는 거야. 그리고 그는 손가락들을 이렇게 벌리고, *(자기 손가락들을 벌려 보인다.)* 그 사이로 피라머스와 티스비가 소곤대게 하자 이거야.
퀸스	그렇게 약속해 두면 만사가 문제없겠군. *(연극 대본을 꺼내 펴면서)* 자, 모두 앉아서 각자 자기 배역을 연습하자. 피라머스, 너부터 시작해라. 너는 네 대사를 다 말하고 난 다음에 저기 덤불 속으로 물러가라. 그리고 자, 각자 자기 대사를 놓치지 말아야 해.

🌸 *파크가 참나무 뒤에서 나타난다.*

파크	*(방백)* 아니, 요정의 여왕이 주무시는 장소 바로 곁에서 이 삼베 조각 같은 것들이 뭘 이렇게 떠들고 있는 거야? 아니, 연극을 하다니! 난 구경이나 해야겠어. 경우에 따라서는 나도 한 다리 끼어서 참가해도 괜찮을 테지.
퀸스	자, 피라머스, 시작해라. 티스비도 나오고.
보텀	"아, 티스비, 꽃들의 악취가 감미롭군요."
퀸스	*(대본을 들여다보면서)* 악취가 아니야. 향기야, 향기란 말이야.
보텀	"향기가 감미롭군요. 그와 마찬가지로, 그리운 나의 티스비, 당신

	의 입김 또한 감미롭지요. 그런데 사람의 목소리가 들리다니! 당신은 여기 잠깐만 머물러 있어요, 나는 곧 돌아올 거요." *(덤불 속으로 퇴장한다.)*
파크	*(방백)* 이런 괴상한 피라머스는 처음 봤어. *(보텀의 뒤를 따라간다.)*
플루트	이제는 내 차례인가?
퀸스	그래, 네 차례야. 피라머스는 뭔가 소리가 들려서 보러 갔을 뿐이고 곧 돌아올 테니까.
플루트	"햇살 같은 피라머스여, 백합 같은 살결과 만발한 백장미 같은 안색에 늠름한 젊은 모습을 지녔으며 더구나 더없이 사랑스러운 유태인이며, 지칠 줄 모르는 말처럼 충실한 분인 피라머스여, 저는 니니 Ninny의 무덤에서 당신을 기다리겠어요."
퀸스	이봐, '나이너스 Ninus의 무덤' 이야. 원, 그건 아직 말해서는 안 돼! 그 대목은 피라머스에게 대답하는 대사니까 말이야. 넌 다음

아이고, 괴물 봐라! 아이고, 큰일 났다!

| | 대사까지 한꺼번에 모조리 말해 버렸어. 피라머스, 등장해라. 자, '지칠 줄 모르는 말' 부터 다시 시작해. |
| 플루트 | 옳지! "지칠 줄 모르는 말처럼 충실한 분." |

🌸 *보텀이 등장한다. 그의 머리는 당나귀의 머리로 변해 있다. 그 뒤로 파크가 따라 들어온다.*

| 보텀 | "티스비, 내가 그만한 미남이라면 오로지 당신의 것이지요." |
| 퀸스 | 아이고, 괴물 봐라! 아이고, 큰일 났다! 귀신이 나왔어. 아이고, 달아나자, 달아나! 어서 빨리! |

🍀 *모두 덤불 속으로 달아나고 보텀만 남아 있다.*

파크	자, 따라가 보자. 저 놈들을 늪으로, 덤불 속으로, 숲속으로, 가시밭으로 끌고 다녀 보자. 나야 때와 장소에 따라 내 마음대로 말도 돼 보고, 개도 돼 보고, 머리통 없는 곰도 돼 보고 불도 돼 보자. 그리고 말처럼 울어도 보고, 개처럼 짖어도 보고, 돼지처럼 꿀꿀거려도 보고, 곰처럼 으르렁대도 보고, 불처럼 타도 보자. *(퇴장한다.)*
보텀	왜 모두 달아나 버리지? 아마도 나를 골려 줄 생각을 한 모양이로군. 그럴 속셈으로 장난을 꾸민 모양이야.

🍀 *스노트가 덤불 속에서 내다본다.*

스노트	아이고, 보텀, 넌 변해 버렸어! 그게 웬 꼴인가?
보텀	웬 꼴이냐고? 너처럼 당나귀 대가리 꼴이란 말이냐? *(스노트가 들어가 버린다.)*

🍀 *퀸스가 살그머니 나타난다.*

퀸스	아이고, 이봐, 보텀! 이거 보라고! 넌 변신해 버렸다고. *(달아나 버린다.)*
보텀	저놈들 장난을 내가 모를 거 같아? 나를 당나귀로 취급하고, 가능하면 나에게 겁을 줄 심보겠지. 하지만 무슨 수작이고 해봐라. 난 여기서 꼼짝달싹도 않을 거야. 자, 이 근처를 왔다 갔다 하면서 노래나 부르고 내가 조금도 무서워하지 않는다는 걸 저 놈들에게 알려

주기로 하자. *(콧노래를 부르며 이따금 당나귀 소리를 낸다.)*

> 몹시도 시커먼 사다새는
> 부리가 황갈색이지.
> 개똥지빠귀는 노래를 잘하고
> 굴뚝새는 목소리가 가늘지.

티테이니아   *(잠을 깨고 나타나서)* 꽃밭의 잠자리에서 나의 잠을 깨우는 저것은 천사의 소리인가?

보텀   *(노래를 한다.)*

> 방울새와 황새와 종달새 그리고
> 멋없이 노래하는 회색 뻐꾸기,
> 그것들의 노래를 수많은 남편들이
> 들으면서도 한 마디 변명도 못하지.

원, 그따위 바보 같은 뻐꾸기하고 시비를 할 사람이 어디 있겠어? 그놈의 뻐꾸기가 '뻐꾹(오쟁이 집)' 하고 울어 봤자 곧이들을 남편이 어디 있겠느냐 이 말이야.

티테이니아   점잖은 인간이여, 부디 한 번 더 노래를 불러줘요. 내 귀는 당신 노래에, 내 눈은 당신 모습에 홀딱 반해 버렸거든요. 당신의 아름다움의 힘이 기어이 나를 감동시키고, 나는 당신을 한 번 보자마자 사랑의 고백과 맹세를 하지 않을 수가 없군요.

보텀   글쎄요, 아가씨, 당신은 그렇게까지 생각할 이유가 조금도 없는 것 같군요. 하지만 사실 요즈음에는 이성과 연애감정이 그리 잘 조화가 되지 않아요. 유감스럽게도 이 두 가지를 화해시킬 만한 선량한 이웃 사람도 없고요. 하긴 나도 때에 따라서는 농담을 할 수도 있지요.

티테이니아   당신은 아름다울 뿐만 아니라 영리하기도 해요.

보텀	나는 그 어느 쪽도 아니라고요. 하지만 이 숲에서 빠져나갈 재주만 있다면, 나로서는 그것만으로 충분하겠어요.
티테이니아	이 숲에서 빠져나가겠다는 그런 생각은 아예 하지도 말아요. 당신은 자기가 바라든 말든 상관없이 이곳을 벗어날 수는 없을 테니까요. 나는 평범한 요정이 아니에요. 어딜 가나 내 주위에는 여름이 따르지요. 그러한 내가 당신을 사랑하고 있지요. 그러니 항상 나와 함께 지내라고요. 나는 요정들이 당신의 시중을 들도록 하겠어요. 그리고 요정들이 깊은 바다에서 보석들을 가져와서 당신에게 드리도록 하겠어요. 또한 당신이 꽃밭에서 잠을 자는 동안에는 요정들이 노래를 부르도록 할 게요. 그리고 끝내는 죽는 천한 인간의 본성을 당신에게서 말끔히 씻어내어 당신이 불사의 요정처럼 어디든지 갈 수 있도록 해드릴 게요. 애, 콩꽃아, 거미집아, 나방이야, 겨자씨야! *(이 부름에 따라 요정들이 여왕 앞에 나타난다.)*

콩꽃	예!
거미집	예!
나방	예!
겨자씨	예!
모두	우린 어디로 갈까요?
티테이니아	이 분을 친절하고 공손하게 잘 모셔라. 이 분이 외출할 때에는 너희가 앞장서서 뛰며 즐거운 춤을 추어 보여 드려라. 이 분이 먹을 것으로는 살구, 나무딸기, 자주색 포도, 푸른 무화과, 뽕나무의 오디 등을 가져다 드려라. 그리고 땅벌들의 벌집에서는 꿀을 훔쳐 와라. 침실의 촛불로는 밀랍이 잔뜩 붙은 땅벌 넓적다리가 좋을 게야. 거기에 번뜩이는 개똥벌레 눈의 불을 붙여서 이 분의 침실에 가져다 놓는가 하면, 이 분이 잠이 들었을 때에는 그 눈에 비쳐 드는 달빛을 오색나비의 날개로 부채를 만들어 몰아내 버려라. 자, 요정들아, 고개를 숙여 이 분에게 인사해라.
콩꽃	유한한 목숨의 인간이여, 인사드려요!

거미집	인사드려요!
나방	인사드려요!
겨자씨	인사드려요!
보텀	여러분, 진심으로 감사해요. 그런데 실례지만 네 이름은 뭐지?
거미집	*(인사를 하고)* 거미집이지요.
보텀	거미집아, 우린 좀 더 친하게 지내자고. 나는 이 다음에 손가락에 상처를 입게 되면 네 신세를 져야겠어. 그런데 네 이름은 뭐지?
콩꽃	*(인사를 하고)* 콩꽃이지요.
보텀	아, 그럼, 너의 어머니인 풋콩 꼬투리와 너의 아버지인 익은 콩 집에게 내 안부를 전해줘. 이봐, 콩꽃, 우린 앞으로 친하게 지내자고. 그리고 네 이름은 뭐지?
겨자씨	*(인사를 하고)* 겨자씨지요.
보텀	아, 겨자씨인가? 난 참을성이 대단한 너를 잘 알아. 저 덩치가 큰 겁쟁이인 쇠고기란 놈이 너의 가문의 어른들을 모조리 삼켜 버렸지. 하기야 너의 친척들 때문에 난 지금까지 내 눈을 엄청난 눈물로 적셔왔지. 하지만, 겨자씨, 앞으로 우린 좀 더 친하게 지내자고.
티테이니아	자, 모두 이 분을 돌봐드려라. 우선 내 전각으로 안내해 드려라. 어쩐지 달님이 눈물을 글썽거리는 것 같아. 달이 울면 작은 꽃들도 모두 울지. 아마도 어디선가 숫처녀의 몸이 더럽혀지고 있는 걸 슬퍼하는 모양이야. 자, 내가 사랑하는 이 분의 혀를 묶어서 조용히 모셔가라. *(모두 퇴장한다.)*

숲속의 빈터.

🌸 *이끼가 자란 비탈이 곁에 있다. 오베론이 등장한다.*

오베론 : 지금쯤 디테이니아는 잠을 깼을까?

오베론 지금쯤 디테이니아는 잠을 깼을까? 잠에서 깨어났다면 자기 눈에
처음 보인 것에 홀딱 반해 있을 테지. *(파크가 등장한다.)* 나의 전
령이 오는군. 야, 미치광이 요정 놈아, 어떠냐? 우리가 나다니는
이 숲에서 뭔가 재미있는 일이라도 일어나지 않았어?

파크 우리 여왕이 괴물과 사랑에 빠져 미치다시피 되어 있다고요. 여왕
이 성스러운 비밀 전각에서 노곤하게 졸고 계시는데, 마침 아테네

장바닥에서 날품팔이나 하는 어중이떠중이 직인 놈들이 티시어스 공작의 결혼식을 축하할 작정으로 연극 연습을 하려고 모여 있었어요. 그리고 그 바보들 중에도 가장 천치 같은 놈이 피라머스의 배역을 맡았는데, 연극 진행상 일단 퇴장하여 덤불 속으로 들어갔지요. 저는 그 기회를 놓칠세라 그 놈의 머리에 당나귀의 머리통을 씌웠다고요. 바로 그 직후에 연인 티스비와 대화가 있을 차례여서 이 어릿광대 놈이 등장했지요. 이때 동료들이 이놈을 보았는데 말이에요. 살금살금 접근해 오는 포수를 본 들오리 떼나, 총소리에 놀라서 날아올라 까악까악거리며 제각기 미친 듯이 하늘을 나는 까마귀 떼처럼, 그들도 이 녀석을 보고는 질겁해서 달아났는데, 여기저기 나무 그루터기에 걸려 넘어지는 놈도 있고, 살인이라고 외치며 사람 살리라고 아테네를 향해 소리 지르는 놈도 있었지요. 원래 멍청한 놈들인 데다가 공포심에 넋이 나가 있었기 때문에 무심한 초목마저 그놈들에게 장난을 치기 시작했어요. 찔레와 가시는 그들의 옷을 찢었고, 저기서는 소매를, 여기서는 모자를 잡아채는 것이 마치 패잔병의 무리에게서 홀딱 껍질을 벗기는 꼴이었다고요. 저는 이렇게 공포심에 넋이 나간 놈들을 적당히 몰아내 버린 다음, 다른 모습으로 변한 피라머스 녀석만 홀로 거기 남겨 놓았지요. 그런데 그때 마침 티테이니아 여왕이 눈을 떴는데 당장 당나귀 녀석에게 흠뻑 반하고 말았단 말이에요.

오베론 그거야말로 의외의 성공이로군. 그건 그렇고, 넌 사랑에 빠지게 만드는 그 약즙을 내가 지시한 대로 아테네 청년의 눈에 발라 놓았겠지?

파크 마침 그 놈이 잠을 자고 있어서 저는 물론 지시하신 대로 해놓았어요. 그리고 말씀하신 아테네의 여자는 그 놈 곁에서 잠을 자고

있었지요. 그러니까 그 남자가 잠을 깨면 반드시 그 여자를 보게 되고 말 거라고요.

🌸 *디미트리어스와 허미아가 등장한다.*

오베론	이리 바싹 다가서라. 저건 내가 말한 아테네 청년이야.
파크	여자는 바로 그 여자지만 남자는 틀리는 걸요.
디미트리어스	아, 당신을 이토록 사랑하는 사람을 왜 비난하는 거요? 그렇게 가혹한 말은 밉살스런 당신의 원수에게나 하라고요.
허미아	저는 지금 오로지 입으로만 욕하지만, 이보다 더 하게 될는지도 몰라요. 당신은 저의 저주를 받을 만한 짓을 했거든요. 당신이 만일 잠자고 있던 라이샌더를 죽였다면, 이왕에 당신의 발목까지 피에 잠긴 바에야 핏속으로 철썩 뛰어 들어가서 저마저도 죽여 버리라고요. 대낮에게 그토록 충실한 태양도 저에 대한 그분의 충실함에는 비할 바가 못 되요. 그런 분이 잠을 자고 있는 이 허미아를 떠

나 살그머니 달아날 리가 있겠어요? 그런 말을 믿을 바에는 차라리 단단한 대지에 구멍이 뻥 뚫리고 달이 그 구멍을 통해 지구 저쪽으로 튀어 나간 다음, 대낮을 지배하는 그곳의 자기 오빠인 태양을 분노하게 만든다는 이야기를 믿겠어요. 틀림없이 당신이 그분을 죽였을 거예요. 당신 얼굴을 보니 살인자의 기색이에요. 무시무시하고 험상궂은 당신 안색이 그래요.

디미트리어스 살해당한 사람의 안색이 그럴 거고 나의 안색도 역시 그럴 거요. 나는 당신의 잔인한 말에 심장이 꿰뚫렸거든요. 하지만 그렇게 사람을 죽인 당신의 안색은 저 하늘에서 빛나는 샛별처럼 맑고 빛나기만 하지요.

허미아 그게 라이샌더와 무슨 관계가 있어요? 그 분은 어디 있어요? 아, 디미트리어스, 그 분을 저에게 돌려줘요.

디미트리어스 그렇게 하기보다는 차라리 그놈의 시체를 우리 집 개에게 던져주는 게 더 나을 거요.

허미아 아, 개 같은 놈! 짐승 같은 놈! 당신은 내가 처녀다운 예의마저 잃게 만드는군요. 역시 당신이 그 분을 죽였지요? 그렇다면 이제부터는 절대로 사람 축에 끼지 말라고요! 아, 저를 위해서라도 한 번만 더 진실을 말해줘요! 그래, 멀쩡하게 뜨고 있는 그분의 눈을 당신은 감히 마주보았나요? 아니면, 잠자고 있는 그분을 당신은 죽였나요? 아, 알뜰한 솜씨로군요! 뱀이나 독사도 그보다는 덜하지 않겠어요? 그분을 죽인 건 독사였군요. 바로 당신이 독사였군요. 두 갈래로 갈라진 독사의 혀도 뱀 같은 당신의 혀보다 더 지독하지는 않을 거예요.

디미트리어스 당신은 얼토당토않게 공연히 화만 내는 거요. 난 라이샌더의 피를 흘리지 않았다고요. 아니, 내가 아는 한 그 사람은 죽지 않았다 이

허미아 : 저는 밉살스런 당신 앞에서 떠나겠어요.

거요.

허미아 그렇다면 그분이 무사하다고 말해 봐요.

디미트리어스 그렇다고 내가 말한다면, 그 대가로 뭘 줄 거요?

허미아 상을 드리지요. 다시는 저를 보지 말라고 하는 상을 말이에요. 그리고 저는 밉살스런 당신 앞에서 떠나겠어요. 다시는 제 앞에 나타나지 말아요, 그분이 죽었든 살았든 말이에요. *(퇴장한다.)*

디미트리어스 저렇게 화가 뻗쳐서 날뛰는 여자를 따라가 봤자 아무 소용도 없어. 그러니까 난 여기 이대로 잠시 머물러 있자. 슬픔의 무거운 짐이 가슴을 더욱 짓누르고 있어. 잠은 부족한데다가 슬픔의 부채를

	인수해 주는 사람도 없거든. 내가 이제 누워서 잠이나 좀 청해 보면, 이 부채가 조금은 덜어지겠지. *(눕는다.)*
오베론	이게 웬일이란 말이냐? 넌 정말 엉뚱하게도 어느 진짜 애인의 눈에 사랑의 약즙을 발라 놓았어. 너는 실수를 저질러 불성실한 애인을 진실한 애인으로 돌리기는커녕 진실한 애인마저 뒤틀리게 해놓았어.
파크	그렇다면 이건 운명의 장난이지요. 진실을 지키는 자는 오직 한 명뿐이고, 백만 명은 맹세를 깨뜨리거든요.
오베론	바람보다 더 빨리 돌아다니며 숲속을 뒤져서 헬레나라는 아테네 처녀를 찾아내라. 그 여자는 심한 상사병에 걸려서 얼굴은 파리하고, 사랑의 탄식에 싱싱한 젊은 피까지 말리고 있어. 어떤 환상을 보여주어 그 여자를 틀림없이 여기 데려와라. 그 여자가 올 때까지 나는 이 청년의 눈에 마법을 걸어 놓을 테니까.
파크	네, 네! 가보겠어요. 타타르 Tartar인의 화살보다 더 빨리요. *(퇴장한다.)*

🍃 *오베론이 잠든 디미트리어스를 들여다본다.*

오베론	이건 큐피드의 화살에 맞은 자주색 꽃의 즙인데 이 남자의 눈동자 속으로 들어가라. 네가 잠에서 깨어나 바라보는 애인의 얼굴은 하늘의 샛별처럼 찬란하게 빛날 거야. 또한 너는 눈을 뜰 때 그 여자가 곁에 있다면 그녀에게 사랑의 치유를 애걸하게 될 거라고.

🍃 *파크가 다시 등장한다.*

파크　　우리 요정 나라의 대장님, 헬레나가 이리로 오고 있어요. 제가 실수로 잘못 알아본 그 청년도 함께 오면서 애인의 권리를 애걸하고 있지요. 우린 그들의 바보 같은 어릿광대짓을 구경해볼까요? 아, 인간들이란 어쩌면 이토록 멍청하기만 한가!

오베론　　물러서 있어. 저 사람들의 소란한 소리에 디미트리어스가 잠을 깨겠어.

파크　　그러면 두 남자가 동시에 한 여자에게 사랑을 애걸하겠군요. 그렇게 되면 참으로 가관이지요. 저는 일들이 뒤죽박죽되는 걸 보는 게 제일 재미있다고요.

🐝 *라이샌더와 헬레나가 등장한다.*

라이샌더　　어째서 내가 조롱삼아 사랑을 애걸한다고 생각하는 거요? 조롱이나 조소로는 결코 눈물을 흘리지 못하는 법이지요. 내가 맹세를 하면서 눈물을 흘리고 있는 걸 보세요. 이렇게 눈물 속에서 우러나오는 맹세에는 그 본질상 진실만 들어있는 거요. 나의 이러한 것들이 어떻게 당신 눈에는 조롱으로 보인단 말인가요? 진실하다는 것을 입증하려고 진실의 표지를 드러내 보이고 있는데도 말이에요.

헬레나　　당신은 조롱하는 솜씨가 날로 더욱 교활해지는군요. 진실이 진실을 죽인다면, 아, 그야말로 악마의 성스러운 싸움이라고요! 당신의 그런 맹세들은 허미아에게 하는 거지요. 그런데 당신은 허미아를 저버리겠단 말인가요? 평형 저울의 양쪽 접시에 다 같이 맹세를 올려놓고 달아 보세요, 결국은 무게의 차이가 나타나지 않을 거예요. 허미아와 저에 대한 당신의 맹세를 양쪽 접시에 올려놓으면 저울대는 수평을 유지하고, 양쪽이 모두 헛소리처럼 가벼울 뿐이라고요.

라이샌더   그 여자에게 맹세할 때 나는 분별력이 없었어요.

헬레나   허미아를 저버리려고 하는 걸 보니 당신은 지금도 분별력이 없어요.

라이샌더   그 여자는 디미트리어스가 사랑해요. 또한 그 자는 당신을 사랑하지 않아요.

디미트리어스   (눈을 뜬다.) 아, 헬레나, 여신, 숲의 요정, 완전무결한 여인, 신성한 존재여! 아, 당신의 두 눈을 무엇에 비교할까? 수정도 흐린 편이지요. 아, 무르익은 당신의 입술은 달콤한 한 쌍의 앵두인 양 더욱 더 사람의 마음을 끌어당기는군요! 저 토러스 Taurus의 높은 산 꼭대기에서 동풍에 얼어붙은 백설도 당신이 손을 들어 보이면 까마귀의 색깔처럼 보이고 말지요. 아, 이 순백색의 여왕, 이 행복의 약속인 당신의 손에 키스하도록 해줘요!

헬레나   아, 분해라! 아, 망측해라! 당신들은 둘이 모두 공모해서 저를 조롱감으로 삼는군요. 예의와 체면을 아는 사람들이라면 이렇게까지 저를 바보 취급하지는 않을 거예요. 저도 다 알고는 있지만, 그래, 미워하는 것도 모자라서 두 사람이 합심하여 저를 조롱하지 않고는 못 배기는 건가요? 당신들은 겉보기와 똑같이 그러한 신사라고 한다면 숙녀인 저를 이렇게 대하지는 않을 거예요. 당신들은 분명히 진심으로 저를 미워하고 있으면서도, 사랑의 맹세니 서약이니 하며 법석을 떨고 저를 지나치게 칭찬한다고요. 당신들은 서로 연적의 처지에 있는데, 허미아의 사랑을 얻으려고 경쟁하는가 하면 이제는 헬레나를 조롱하는 경쟁마저 하는군요. 참으로 장하고 대장부다운 일이군요. 실컷 조롱하여 이 가련한 처녀의 눈에서 눈물을 짜내려고 하니 말이에요! 점잖은 사람들이라면 결코 이런 짓은 하지 않을 거예요. 이렇게 처녀를 놀려 먹고, 연약한 마음의 분통을 기어이 터뜨려 놓다니, 그것도 순전히 당신들의 심심풀이로 하다니 말이에요.

라이샌더 디미트리어스, 네가 나쁜 거야. 그러지 말아. 넌 허미아를 사랑하고 있어. 그걸 내가 알고 있다는 건 너도 알지. 그러니까 여기서 나는 진심으로 기꺼이 허미아에 대한 사랑을 너에게 양보하겠어. 그 대신 헬레나에 대한 사랑은 나에게 양보해라. 헬레나를 나는 지금 사랑하고 있을 뿐만 아니라 죽는 날까지도 사랑할 거야.

헬레나 이보다 더 지독한 조롱이 있겠어요? 그렇게 거짓말만 늘어놓으니 말이에요.

디미트리어스 이봐, 라이샌더, 허미아는 네가 맡아라. 나에게는 필요 없어. 하기야 예전에 내가 그 여자를 사랑했다 해도 이제 그 사랑은 사라져 버렸거든. 그 여자에 대한 나의 마음은 잠시 들러 가는 나그네일 뿐이었고 이제는 고향인 헬레나에게 돌아왔으니까 거기 영주할 거야.

라이샌더 헬레나, 저건 거짓말이라고요.

디미트리어스 잘 알지도 못하면서 함부로 남의 진심을 모욕하지는 말라고. 그러다가는 혼날 테니까.

🥀 *허미아가 다가온다.*

디미트리어스 저거 봐. 네 애인이 저기 오잖아. 저 여자가 네 애인이라고. *(허미아가 라이샌더를 보고는 그의 곁으로 달려간다.)*

허미아 캄캄한 밤은 눈에서 그 기능을 **빼앗아**가고 귀를 더욱 더 예민하게

헬레나 : 아, 이러한 것들을 모조리 잊어버렸단 말이야?
　　　 그리고 학창시절의 우정도 어린 시절의
　　　 천진난만함도 잊어버렸단 말이냐? _ 고든 브라운 작

만들어요. 시각을 빼앗고, 그 대신 청각을 두 배로 더해준다고요.
라이샌더, 내 눈이 당신을 찾아낸 게 아니라, 고맙게도 내 귀가 당
신의 음성에 끌려 저를 이리로 오게 했어요. 하지만 왜 저를 홀로
내버려둔 채 가버렸지요?

라이샌더 　(등을 돌리면서) 애인이 떠나라고 독촉하는데 어느 누가 머물러
　　　　　 있겠어요?

허미아 　제 곁을 떠나라고 어느 애인이 라이샌더에게 독촉했다는 건가요?

라이샌더 　라이샌더의 애인, 아름다운 헬레나이지요. 그 애인 때문에 난 가
　　　　　 만히 머물러 있을 수가 없었던 거요. 아름다운 헬레나는 저 하늘
　　　　　 에서 찬란하게 반짝이는 별들보다 더 아름답게 이 밤을 환하게 비

추고 있거든요. 그런데 당신은 왜 나를 찾아다니지요? 당신이 미워져서 내가 달아났다는 걸 이래도 모르겠다는 거요?

허미아   마음에도 없는 말을 하는군요. 그럴 리는 결코 없어요.

헬레나   아, 허미아도 이 공모자들 가운데 하나라니! 이젠 나도 알겠지만, 세 사람이 공모하여 이런 몹쓸 장난을 꾸미고는 저를 조롱하려는 거로군요. 허미아, 넌 너무해! 참으로 인정머리도 없다고! 너도 공모자지? 이 두 사람과 공모해서 나를 이렇게 조소거리로 삼고, 나를 욕보여 주려는 거지? 우리가 단 둘이 나눈 이야기며, 언니와 동생 사이의 맹세며, 함께 보낸 시간, 이 시간이 금방 지나가는 바람에 우리가 헤어져야만 하는 걸 안타깝게 생각했던 일이며, 아, 이러한 것들을 모조리 잊어버렸단 말이냐? 그리고 학창시절의 우정도, 어린 시절의 천진난만함도 잊어버렸단 말이냐? 허미아, 우리는 창조의 두 여신처럼 각자 자기 바늘로 꽃 한 송이를 함께 수놓지 않았느냐? 한 방석에 같이 앉은 채 우리 둘이 똑같은 노래를 같은 곡조로 부르면서 말이야. 그래서 우리의 수족이며 몸이며 음성이며 마음이며 모두가 하나로 융합된 것 같았는데 말이야. 우린 그렇게 함께 자랐지. 겉보기에는 따로따로지만 근본은 붙어 있는 아름다운 열매 두 개가 한 줄기에 달려 있는 쌍둥이 앵두처럼 말이야. 그래서 몸은 두 개라 해도 마음은 하나이듯이, 결혼하면 부부 가문의 문장(紋章)들이 통합되어 하나가 되듯이 말이야. 그런데 넌 해묵은 우리의 우정을 망치고 남자들과 합세하여 너의 가련한 옛 친구를 조롱하겠다는 거냐? 그건 친구답지도 않고 처녀답지도 않은 짓이야. 피해를 입은 사람은 나 혼자뿐이긴 해도, 나는 물론이고 다른 모든 여자들도 너의 그런 짓을 비난할 거야.

허미아   기가 막히네. 내가 널 조롱하다니 그런 말이 어디 있어? 오히려 네가 날 조롱하는 것 같아.

헬레나 나를 조롱할 작정으로 라이샌더를 선동하여 내 뒤를 쫓아다니게 하고 내 눈과 얼굴을 칭찬하게 만든 건 너잖아? 그리고 너의 또 다른 애인 디미트리어스마저 조금 전까지 나를 발길로 찼으면서도 이제는 나를 여신이니, 숲의 요정이니, 심지어는 신성하고 보기 드문 여성, 보배 같다느니 천사 같은 여자라고 부르게 만든 것도 바로 너잖아? 그렇지 않다면, 자기가 미워하는 여자에게 그 사람이 왜 그렇게 말하겠어? 라이샌더도 역시 마찬가지야. 그토록 진심으로 너를 사랑하고 있는 그 사람이 어째서 너의 사랑을 거절하고, 어떻게 나를 사랑한다는 말을 하겠어? 네가 시켰고 네가 승낙했으니까 그러는 거야. 너는 사랑을 받는 입장에서 무척 행복한 여자지만, 나는 너처럼 행복하지도 못할 뿐만 아니라 비참하게도 혼자 연모하기만 하는 입장인데, 그렇다고 그게 어쨌단 말이냐? 너는 이런 걸 오히려 동정해야지 조롱해서는 안 되잖아.

허미아 난 네 말이 무슨 의미인지 모르겠어.

헬레나 잘들 하는군요! 그렇게 시치미를 떼고는 내가 뒤로 돌아서면 입을 씰룩거리고, 서로 눈짓을 하면서 재미있게 조롱을 계속하라고요. 이 장난은 잘 되면 역사에 남을 테지요. 만일 조금이라도 인정이나 호의나 분별력이 있는 사람들이라면 나를 이렇게 장난거리로 삼지는 않을 거예요. 하여간 잘들 있어요. 이건 어느 정도 내 탓도 있으니까, 내가 죽든가 떠나가 버리면 곧 해결되겠지요.

라이샌더 이봐, 헬레나, 내 얘기를 좀 들어 보라고요. 내 사랑, 내 생명, 내 영혼인 아름다운 헬레나!

헬레나 참 잘도 하시네요!

허미아 이봐요, 헬레나를 그렇게 조롱하지 말아요.

디미트리어스	허미아의 말이 통하지 못한다면 내가 폭력을 써서라도 말을 듣게 하겠어.
라이샌더	네 폭력 따위는 허미아의 말보다 못해. 네 위협도 허미아의 무기력한 기원이나 마찬가지야. 이봐, 헬레나, 나는 당신을 사랑해요. 내 목숨을 걸고 사랑한다 이거요! 당신을 위해서라면 당장이라도 버릴 수 있는 내 목숨에 걸고 맹세하지만, 내가 당신을 사랑하지 않는다고 주둥이를 놀리는 놈은 거짓말쟁이라고요.
디미트리어스	단언하지만, 저 녀석보다는 내가 더 당신을 사랑하지요.
라이샌더	네가 정말 그렇다면 저리 가서 그걸 증명해 봐라.
디미트리어스	그럼 가자!
허미아	*(라이샌더를 붙잡는다.)* 라이샌더, 도대체 어떻게 된 일이에요?
라이샌더	비켜, 이 에티오피아 깜둥이 년 같으니!
디미트리어스	아니지, 아니야. 저 놈은 공연히 저러는 거라고! 마음이 내키면, 자, 따라오는 척이라도 해봐. 하지만 너 같은 쓸개 없는 녀석은 결국 따라오지 못할 거야. 자, 가자!
라이샌더	이 고양이 같은 년, 밤송이 같은 년, 놓으란 말이야! 이 더러운 년, 썩 놓지 못해? 놓지 않는다면 난 너를 뱀처럼 떼어내서 내동댕이쳐 버릴 테야.
허미아	왜 이렇게 난폭해졌지요? 그리운 라이샌더, 왜 이렇게 변한 거예요? *(라이샌더를 그대로 붙들고 있다.)*
라이샌더	그리운 라이샌더라니! 저리 비켜. 황갈색 피부의 타타르 Tartar 계집년 같으니, 저리 비키라고. 쓰디쓴 탕약 같은 년, 비키란 말이야! 밉살스런 독약 같은 년, 꺼져버리라니까!
허미아	농담하시는 거지요?
헬레나	그야 물론 농담하는 거지. 너도 농담하는 거고.

라이샌더	이봐, 디미트리어스, 나는 네게 한 말에 대해 책임을 질 거야.
디미트리어스	넌 진짜 보증이 있어야만 해. 하지만 보아하니 여자의 손이 너를 붙잡고 있어. 그러니까 난 네 빈말은 믿지 못하겠다고.
라이샌더	아니, 그러면 나더러 허미아를 치고 때리고 죽이란 말이냐? 난 허미아를 미워하긴 해도 그렇게 해칠 수는 없어.
허미아	저를 미워한다고요? 그것보다 더 심하게 저를 해치는 게 어디 있어요? 제가 밉다고요? 왜요? 맙소사! 그게 웬 말씀인가요? 저는 허미아가 아닌가요? 당신은 라이샌더가 아니신가요? 저는 지금도 예전과 변함없이 아름답지요. 초저녁까지만 해도 당신은 저를 사랑하셨지만 밤중에는 제 곁을 떠나가셨다고요. 아, 맙소사! 그렇다면 역시 당신은 참으로 저를 버리셨다 이건가요?
라이샌더	그야 물론이지. 내 목숨에 걸고 단언하지만 말이야! 그리고 다시는 너를 만나고 싶지도 않았어. 그러니까 아예 희망을 버리고, 의심이나 의혹도 품지 말라고. 이건 더없이 진실한 말이야. 그리고 진담으로 하는 말이지만, 난 당신이 미워졌고 지금은 헬레나를 사랑하고 있어.
허미아	*(헬레나에게)* 아니, 이런! 넌 사기꾼이야! 꽃봉오리를 갉아먹는 벌레라고! 사랑을 훔쳐가는 도둑년이라고! 아니, 넌 밤에 와서 내 애인의 심장을 몰래 도둑질해 갔지?
헬레나	잘한다, 잘해! 넌 예의도 처녀의 염치도 없고 낯을 붉힐 줄도 모르는 거야? 그래, 내 점잖은 입이 기어이 험한 대꾸를 하게 만들 작정이야? 쳇, 쳇! 넌 엉터리야! 꼭두각시라고!
허미아	꼭두각시라고? 어째서 그렇다는 거야? 아, 기가 막혀라! 넌 그렇게 말하고 싶었군, 그래. 이젠 나도 알았지만 넌 내 키와 비교해서 자기 키를 자랑하고 싶었던 거야. 후리후리한 풍채와 키를 미끼

로 해서 저 사람의 마음을 사로잡았어. 그리고 내가 키가 작고 땅딸막하다고 해서 넌 저 사람의 칭찬에 더욱 콧대가 높아졌다 이거지? 단오놀이에 쓰는 장대처럼 화장이나 한 말라깽이에 키만 큰 년아, 내 키가 작다면 얼마나 작단 말이야? 말해 봐! 내 키가 얼마나 작다는 거야? 내 키가 아무리 작아도 내 손톱이 네 눈을 후벼내지 못할 정도는 아니라고. (헬레나에게 달려들려고 한다.)

헬레나 두 분에게 부탁해요. 저를 조롱해도 좋지만, 이 애가 저에게 손대지 못하도록 말려 주세요. 저는 성질이 사나운 여자가 아니에요. 심술궂은 짓은 도저히 못해요. 저는 정말 겁쟁이 처녀라고요. 이 애가 저를 때리지 못하게 해주세요. 이 애가 저보다 키가 작아서 제가 이 애를 당해낼 수 있다고 두 분이 생각하는지도 모르지만 말이에요.

허미아 내 키가 더 작다니! 저거 봐, 또 키 타령이야.

헬레나 허미아, 나에게 그렇게 심하게 굴지 말라고. 나는 항상 너를 사랑하고 언제나 네 비밀을 지켜왔어. 그리고 한 번도 너에게 잘못한 일이 없어. 다만 내가 디미트리어스를 사랑한 나머지 네가 이 숲으로 몰래 달아난다는 얘기를 그분에게 귀띔해준 것을 제외하고는 말이야. 그래서 그분이 너를 쫓아왔고 나는 연애감정에 못 이겨서 그분의 뒤를 쫓아온 거야. 하지만 그분은 호통을 치면서 나에게 떠나가라고 말했을 뿐만 아니라, 나를 치겠다느니, 발로 차겠다느니, 아니, 심지어는 나를 죽이겠다고 위협마저 했어. 그러니 이제 너는 내가 떠나가도록 가만히 내버려 달란 말이야. 그러면 나는 내 어리석음을 등에 지고 아테네로 돌아가고, 더 이상 너를 쫓아다니지는 않을 테야. 내가 떠나가게 놓아줘. 보다시피 난 이렇게 어리석은 바보니까.

허미아	가고 싶다면 가라고. 누가 널 못 가게 방해하겠어?
헬레나	그야 나의 미련한 마음이 방해하는 거지. 하지만 난 그걸 여기 남겨 놓고 가겠어.
허미아	아니, 라이샌더의 가슴속에 남겨놓겠다는 거야?
헬레나	아니야. 디미트리어스의 가슴속에 남겨놓겠어.
라이샌더	이봐, 헬레나, 염려할 건 없어. 허미아가 당신을 해치지는 못할 테니까.
디미트리어스	그야 물론이야. 네가 허미아의 편을 든다 해도 그건 안 될 말이라고.
헬레나	아, 저 애는 성을 내면 지독하게 악착스럽다고요! 학창시절에 저 애는 심술쟁이였어요. 키는 작아도 사납다고요.
허미아	또 키 타령이라니! 키가 작다든가 몸집이 작다든가 하는 소리 외에는 할 말이 없다니! 저 애가 저를 이렇게 조롱하는데도 당신은 왜 가만히 보고만 있는 거예요? 그럼 내 앞을 막지 말고 저리 비키세요.
라이샌더	난쟁이야, 꺼져버려! 꼬마야, 넌 키가 작아지는 풀을 달여 먹었어. 넌 염주 구슬이야. 도토리라고.
디미트리어스	너무 까불지 마. 네가 헬레나의 편을 들어봤자 헬레나는 오히려 너를 경멸한다고. 헬레나를 가만히 내버려 두라고. 헬레나의 이름조차 네 입에 담지 말라고. 헬레나의 편을 들지 말란 말이야. *(칼을 뺀다.)* 만일 네가 헬레나에게 조금이라도 그따위 애정의 표시를 한다면 내가 가만 두지 않겠어.
라이샌더	*(칼을 뺀다.)* 봐라, 허미아가 나를 놓아주었어. 자, 용기가 있다면 나를 따라와. 우리 둘 가운데 누가 헬레나에 대해 권리를 가지는지 결판을 내자. *(숲속으로 뛰어간다.)*

디미트리어스	나더러 하인처럼 따라오라니! 그 따위 소리는 집어치워. 난 너하고 나란히 갈 거야. *(뒤를 쫓아간다.)*
허미아	얘, 이 소동은 모두 너 때문이야. 달아나지 말고 거기 그대로 있어.
헬레나	난 너를 믿지 않겠어. 이제는 네 욕을 더 이상 듣지 않겠어. 싸움에서는 네 손이 내 손보다 더 빠르겠지만, 나는 다리가 너보다 더 기니까 빨리 달아날 거야. *(달아난다.)*
허미아	하도 어이가 없어서 아무 말도 못하겠어. *(느릿느릿 뒤따라간다.)*
오베론	*(앞으로 나온다.)* 이건 네가 일을 소홀히 한 탓이야. 너는 여전히 실수가 아니면 고의로 못된 장난을 하는 거야.
파크	아니에요. 그림자 세계의 임금님, 이건 제가 실수한 거라고요. 임금님께서는 제가 아테네 사람의 옷을 보고 그 남자를 알아 볼 수 있다고 말씀하셨잖아요? 여기까지는 제가 한 일이 잘못이 아니지요. 저는 확실히 아테네인의 눈에 약즙을 발랐거든요. 그런데 일이 이렇게 되고 보니 도리어 재미있잖아요? 저놈들의 이러한 다툼이 매우 좋은 심심풀이가 되는 셈이거든요.
오베론	너도 봤지만 저놈들은 결투할 장소를 찾고 있어. 그러니까 로빈, 넌 빨리 밤의 장막을 드리우고, 별들이 반짝이는 하늘을 저 지옥의 아케론 Acheron 강에 서려 있는 안개처럼 시커먼 안개로 지금 당장 덮어버려라. 그리고 성이 난 저 두 명의 경쟁자들이 길을 잃어서 서로 만나지 못하도록 해라. 때로는 라이샌더의 목소리로 심하게 욕해서 디미트리어스가 화나게 만들고, 때로는 디미트리어스를 가장하여 라이샌더에게 욕을 퍼부어라. 그렇게 두 사람을 서로 떼어 놓으면 마침내 죽음 같은 잠이 납덩어리 같은 다리와 박쥐같은 날개를 지닌 채 그들의 눈까풀 위에 살그머니 깃들게 될

거야. 그때 이 약초의 즙을 짜서 라이샌더 눈 속에 넣어라. 이 약
즙은 엄청난 효력이 있으니까 그는 눈의 착각이 모조리 제거되어
정상적인 시력을 회복할 테고, 눈을 뜨고 보면 이 어리석은 소동
이 모두 허무맹랑한 꿈처럼 여겨질 거야. 그리고 두 쌍의 애인들
은 사이좋게 아테네로 돌아갈 테고, 그들 사이의 애정은 죽을 때
까지 변하지 않을 거야. 그런데 이 일은 너에게 맡기고 나는 티테
이니아 여왕을 찾아가서 인디아 India 소년을 넘겨달라고 해야겠
어. 이 일이 잘 된다면, 나는 마력에 사로잡혀 있는 여왕의 눈을 괴
물의 세계에서 해방시켜 주겠어. 그러면 만사는 모두 원만히 수습
되는 거야.

파크   요정의 임금님, 이건 빨리 서둘러야만 해요. 밤의 날쌘 용들은 구
름을 뚫고 저렇게 빨리 가고 있고, 또한 저기 하늘에 새벽의 여신
오로라 Aurora의 선발자인 샛별이 반짝이고 있어요. 저것이 나타
나면 이리저리 헤매는 유령들은 공동묘지를 향해 떼 지어 달려가
고, 네거리에 파묻히거나 물속에 잠긴 각종 잡귀들도 구더기가 득
시글대는 자기 잠자리로 물러가지요. 그것들은 자신의 창피한 꼴
을 대낮에 드러내기가 두려우니까 일부러 빛을 피하고 검은 얼굴
의 밤과 항상 같이 있어야만 하거든요.

오베론   하지만 우리는 종류가 다른 정령들이야. 나는 새벽의 연인인 오
로라와 함께 자주 흥겹게 지냈는가 하면, 산지기처럼 숲속을 걸어
다니기도 했는데, 그때 보니까 온통 빨갛게 불타는 듯한 동쪽 문
에서 아름다운 축복의 햇살이 쏟아져 나와 바다 위를 비추자 초록
빛 바닷물이 황금빛으로 변했어. 그래도 어쨌든 서두르고 더 이상
지체하지는 말아야지. 날이 밝아지기 전에 빨리 일을 끝내야만 하
겠으니까. *(퇴장한다.)*

🌸 *안개가 끼기 시작한다.*

파크   요리조리 내 마음대로 저놈들을 끌고 다니자. 들에서나 마을에서나 모두 나를 무서워하지. 자, 저놈들을 요리조리 끌고 다니자. 저기 한 놈이 오는군.

🌸 *라이샌더가 어둠 속을 더듬으면서 들어온다.*

라이샌더   오만한 디미트리어스, 이놈, 어디 있어? 당장 대답해 봐라.

파크   *(디미트리어스의 목소리로)* 악당아, 난 여기 있어. 칼을 빼어 들고 기다리고 있지. 넌 어디 있어?

라이샌더   좋아, 곧 가겠어.

파크   (*디미트리어스의 목소리로*) 그럼 따라와. 좀 더 평평한 곳으로 가자. (*라이샌더가 퇴장한다.*)

🌿 디미트리어스가 등장한다.

디미트리어스   라이샌더, 다시 대답해 보라고! 이 비겁한 도망자야, 그래, 도망을 쳤단 말이야? 대답을 해보라고! 덤불 속으로 도망친 거냐? 네 대가리는 어디 처박고 있는 거야?

파크   (*라이샌더의 목소리로*) 비겁한 자식아, 넌 나에게는 감히 덤비지도 못하는 주제에 별들에게 큰소리치고 덤불을 상대로 싸우겠다는 거냐? 비굴한 자식아! 애송이 놈아! 너 따위한테는 회초리만 해도 충분하고 칼을 휘두를 것까지는 없어. 칼마저 휘두른다면 나에게 수치가 되니까 말이야.

디미트리어스   그래, 넌 거기 있는 거냐?

파크   (*라이샌더의 목소리로*) 내 목소리를 듣고 따라와. 여기서는 우리가 당당하게 겨룰 수가 없거든. (*디미트리어스는 목소리를 들으며 따라간다.*)

🌿 라이샌더가 다시 돌아온다.

라이샌더   저놈은 나보다 앞서 가면서 계속해서 도전하지만, 소리 나는 곳으로 내가 가보면 저놈은 벌써 없어졌어. 저 악당 놈은 발걸음이 나보다 훨씬 빨라. 나도 상당히 빨리 쫓아가는데 저놈은 더 빨리 도망치거든. 그래서 결국 나는 캄캄하고 울퉁불퉁한 곳에 빠져버리고 말았어. 어쨌든 여기서 좀 쉬자. (*둑 위에 눕는다.*) 친절한 대낮이여, 빨리 찾아와라! 대낮이 희미한 빛으로 비추기만 하면 나는 디미트리어스를 찾아내서 이 원한에 대한 복수를 하고야 말겠어. *(잠이 든다.)*

🌺 *디미트리어스가 뛰어 들어온다.*

파크 *(라이샌더의 목소리로)* 호, 호, 호! 겁쟁이 놈아, 왜 따라오지 않는 거야?

디미트리어스 넌 용기가 있다면 거기 가만히 있어. 그래, 누가 모를 거 같아? 넌 내 앞에서 요리조리 피해 다니기만 하지 당당하게 맞서 볼 생각은 없어. 그래, 넌 어디 있는 거야?

파크 *(멀리서)* 이리 와. 난 여기 있어.

디미트리어스 아니, 날 조롱하는군. 넌 그 대가를 톡톡히 치를 거야. 날이 밝아지기만 해봐라. 그때까지 두고 보자고. 아, 피곤해. 이젠 할 수 없어. 이 차디찬 땅바닥에 누워나 보자. 날이 새면 그때 보잔 말이야. *(라이샌더가 누운 곳하고는 다른 쪽의 둑에 눕는다.)*

🌺 *헬레나가 빈터에 들어온다.*

헬레나 아, 답답한 밤이여, 길고 지루한 밤이여, 빨리 지나가라! 햇살이 동쪽 하늘에서 위로를 보내 주면 나는 환한 대낮에 아테네로 돌아갈 수 있을 거야. 그리고 가련한 나를 미워하는 저 무정한 사람들을 피할 수도 있을 거야. 그런데 슬플 때 눈을 감겨 주는 잠이여, 살그머니 찾아와서 내가 잠시 나 자신을 잊도록 해라. *(손으로 더듬으며 둑으로 가서 디미트리어스 곁에 누워 잠이 든다.)*

파크가 약즙을 라이샌더의 눈에 뿌린다.

🌿 파크가 등장한다.

파크   아직도 세 명인가? 한 명만 더 오면, 남녀가 각각 두 명씩으로 모
두 네 명이 되겠지. 저기 한 여자가 화가 나서 비참한 꼴로 오는
군. 가련한 여자를 저렇게 미치게 만들다니 큐피드는 과연 장난꾸
러기야.

🌿 허미아가 힘없이 들어온다.

허미아   난 이토록 지치고 이토록 고통을 당해 본 건 난생 처음이야. 이슬

에 젖고 가시덤불에 찢겨서 이제는 더 이상 기어갈 수도 없고 걸어갈 수도 없어. 나의 두 다리가 말을 안 들어 주니까 말이야. 날이 샐 때까지 여기서 쉬었다 갈 수밖에는 없지. 만일 결투가 벌어지게 된다면, 하느님, 라이샌더를 보호해 주십시오! *(라이샌더가 누워 있는 둑으로 걸어가서 그 옆에 누워 잠이 든다.)*

파크 대지 위에서 곤하게 잠들어라. 연인아, 나는 네 눈에 약즙을 발라 놓겠어. *(라이샌더 눈에 약즙을 짜 넣는다.)* 눈을 뜨면 너는 먼젓번 여자의 눈에 다시 홀딱 반하게 될 거야. 한 남자에게 한 여자가 짝이 된다는 속담대로 너는 잠이 깨면 그걸 알게 될 거야. 개똥이는 못난이를 차지할 테고, 그래서 아무런 착오도 없게 될 거야. 총각은 자기 암말을 다시 찾고, 만사는 원만하게 끝날 거라고. *(파크가 퇴장한다.)*

4막 1장

숲속.

🍀 티테이니아가 보텀과 함께 요정들을 시종으로 거느리고 나타

난다. 보텀의 당나귀 머리는 화환이 장식되어 있다. 끝으로 오베론이 아무에게도 보이지 않게 나타난다.

티테이니아   자, 이 꽃밭에 앉으세요. 나는 당신의 사랑스러운 뺨을 어루만지고 그 반들반들한 머리에 사향장미를 꽂아 드리겠어요. 그리고 나의 정다운 어른이여, 그 커다랗고 예쁜 귀에 키스해 드리겠어요.

보텀   콩꽃은 어디 있니?

콩꽃   예, 여기 있어요.

보텀   콩꽃아, 내 머리를 긁어라. 그런데 거미집 양반은 어디 있느냐?

거미집   예, 여기 있지요.

보텀   이봐, 거미집 양반, 넌 손에 무기를 들고 가서 엉겅퀴 꽃 꼭대기에 앉아 있는 아랫도리가 빨간 땅벌을 죽인 다음 꿀주머니를 가져와. 이봐, 서두르지 말고 조심해서 꿀주머니가 터지지 않도록 하라고. 네가 꿀주머니에 떠밀려 가면 안 되니까 말이야. 그런데 겨자씨 양반은 어디 있느냐?

겨자씨   예, 여기 있어요.

보텀   이봐, 겨자씨 양반, 네 손을 이리 내밀어라. 아이고, 인사는 그만둬.

겨자씨   저에게 뭘 원하시나요?

보텀   뭐, 별 게 아니야. 콩꽃를 도와서 너도 내 머리를 긁어 달라고. 난 이발을 하러 가봐야겠어. 내 얼굴 일대에 굉장히 털이 많이 나 있는 것 같으니까. 이래 뵈도 난 여간 민감한 당나귀가 아니라서 털 하나만 간질거려도 긁지 않고는 못 배긴다고.

티테이니아   저, 음악을 좀 들으시겠어요, 네?

보텀   난 음악을 매우 잘 이해하지. 자, 땡그랑 땅땅, 그걸 연주해 봐.

보텀 : 콩꽃아, 내 머리를 긁어라. _ 헨리 푸셀리 작

티테이니아	그리고 뭘 드시고 싶은지도 말씀하세요.
보텀	그야 여물이나 많이 주면 그만이지. 썩 좋은 마른 기울을 와삭와삭 씹어 보고 싶거든. 그리고 건초 한 다발은 있어야 할 것 같아. 품질이 최고인 건초, 달콤한 건초보다 더 좋은 음식은 이 세상에 없거든.
티테이니아	나에게는 대단히 용감한 요정이 있는데 그놈에게 다람쥐의 곳간을 뒤져서 싱싱한 호도를 가져오라고 할까요?
보텀	그것보다 난 오히려 한 줌이나 두 줌의 마른 완두콩이 먹고 싶어. 그건 그렇고 한 가지 부탁이 있어. 아무도 내 곁에 얼씬대지 못하게 해달라는 거야. 살그머니 잠이 오니까.
티테이니아	내 팔에 안긴 채 잠을 푹 주무세요. 얘, 요정들아, 물러가서 각자 볼일을 봐라. *(요정들이 퇴장한다.)* 바로 이렇게 담쟁이덩굴은 달

티테이니아 : 아, 나는 당신을 얼마나 사랑하는가!
　　　　　나는 당신을 사랑해서 정말 미쳐 버릴 것만 같아!

콤한 인동을 부드럽게 꼬아 감지. 여자는 담쟁이덩굴이며, 느릅나무의 건장한 가지를 이렇게 휘감는 거라고. 아, 나는 당신을 얼마나 사랑하는가! 나는 당신을 사랑해서 정말 미쳐 버릴 것만 같아! (둘이 다 잠이 든다.)

🦋 *오베론이 다가와서 본다. 파크가 등장한다.*

오베론   아, 로빈이냐? 이 근사한 꼴을 좀 봐라. 어떠냐? 사랑에 넋이 빠진 티테이니아가 이제는 가엾게 여겨지는군. 조금 전에 난 숲 속에서 이 여자를 만났는데, 이 밉살스러운 바보에게 줄 선물로 꽃을 찾고 있는걸 보고는 비난을 퍼붓고 싸움을 벌이고 말았지. 그땐 티테이니아가 싱싱한 향기를 풍기는 화환을 저 바보 녀석의 털투성이의 관자놀이에 이미 걸어 놓은 뒤였어. 그리고 바로 저 이슬을 좀 봐라. 커다란 동양의 진주처럼 한 때는 꽃망울 위에 오뚝 부풀어져 있던 것이 지금은 자기 신세를 슬퍼하는 눈물처럼, 가련한 작은 꽃들의 눈 속에 서려 있어. 내가 실컷 욕을 해 줬더니 여왕은 좋은 말로 나에게 참으라고 애걸했으며 그래서 나는 여왕의 인디아 아이를 달라고 했지. 여왕은 즉석에서 승낙했고, 요정을 시켜서 요정 나라에 있는 나의 전각에 그 아이를 보내 온 거야. 그 아이를 얻었으니까 나는 이제 여왕의 눈에서 이 보기 흉한 마술을 풀어주겠어. 그리고 파크야, 이 아테네 녀석의 머리에서 귀신 딱지 같은 대가리를 벗겨 줘라. 나중에 연인들과 함께 잠에서 깨면 다 같이 아테네로 돌아갈 수 있을 테고, 오늘 밤의 일은 무시무시한 꿈처럼 생각될 거야. 그러니까 우선 티테이니아부터 마력에서 풀어 줘야겠어. 너는 예전의 그 상태로 회복되고 예전에 보던 대로

티테이니아가 깨어난다. _ 헨리 푸셀리 작

똑같이 보라. *(약즙을 디테이니아의 눈에 발라준다.)* 순결한 다이아나 Diana의 꽃망울은 큐피드의 꽃보다 훨씬 더 많은 효험과 축복을 간직하고 있지. 자, 티테이니아, 요정의 여왕이여, 이제 눈을 떠라.

티테이니아 아, 오베론 임금님, 전 이상한 꿈을 꾸었어요! 아마도 제가 당나귀한테 반해 있었나 봐요.

오베론 저기 누워 있는 게 당신 애인이야.

티테이니아 어떻게 이런 일이 다 있었을까요? 아, 지금은 꼴만 봐도 구역질나는 저 낯짝인데 말이에요!

오베론 잠깐만, 쉿! 로빈, 저 당나귀 대가리를 벗겨 줘라. 이봐, 티테이니아, 음악을 연주하라고 해. 이 다섯 사람이 보통 때보다 더 깊이, 죽은 듯이 곤하게 잠들도록 말이야.

티테이니아 음악을 연주해라. 이봐, 음악을 연주하라고! 곤하게 잠재우는 음악을 말이야! *(조용한 음악이 흘러나온다.)*

파크 자, 잠이 깨면 넌 이제 그 타고난 바보 눈으로 똑똑히 보는 거야. *(당나귀 대가리를 벗겨 준다.)*

오베론 이봐, 음악을 연주해라! *(음악 소리가 점점 커진다.)* 자, 티테이니아, 나하고 손을 잡고 이놈들이 누워 자고 있는 대지를 흔들어 줍시다. *(둘이 춤을 춘다.)* 이제 당신과 나는 새삼 화해했어. 내일 한밤중에는 티시어스 공작 저택에 가서 흥겹게 춤을 추고 공작 내외분의 자손들의 번영을 축복해 줍시다. 그리고 저 두 쌍의 진실한 애인들이 티시어스 공작과 함께 즐거운 결혼식을 올리게 합시다.

티테이니아가 깨어난다. _ 헨리 푸셀리 작

파크   요정의 임금님, 저 소리를 들어 보세요. 아침 종달새의 노래가 들
         려요.

오베론   그러면 티테이니아, 우리는 엄숙히 밤의 그림자를 좇아 단숨에 지
         구를 빙 돌아서 하늘의 달보다 더 빨리 날아갑시다.

티테이니아 자, 오베론 임금님, 같이 가는 도중에 얘기를 해주세요. 간밤에 제
         가 이곳에서 잠이 들었을 때 인간들한테 들키고 말았는데 어떻게
         그런 일이 일어났는지를 말이에요. (오베론, 티테이니아, 파크가
         퇴장한다.)

         ✿ 뿔 나팔 소리. 티시어스, 히폴리타, 이지어스, 그 밖의 사람들이
            사냥꾼의 복장으로 등장한다.

티시어스   누군가 가서 산림 감시관을 불러와라. 이제 단오절 의식은 끝났거

든. 아직 새벽녘이라서 히폴리타에게 사냥개의 음악 소리를 들려
줘야겠으니 사냥개들을 서쪽 계곡에 풀어 놔라. 빨리 해. 자, 누군
가 가서 산림 감시관을 불러오란 말이야. *(시종이 절을 하고 나간
다.)* 그런데 히폴리타, 우리는 산꼭대기에 올라가서 개들이 짖는
소리가 메아리와 뒤섞여서 울리는 음악을 들읍시다.

히폴리타　저도 예전에는 허큘리즈 Hercules와 캐드머스 Cadmus와 함께
크레타 Crete 섬의 숲에 가서 스파르타 사냥개를 풀어 곰 사냥을
한 적이 있지요. 그렇게 용감하게 짖어대는 사냥개의 소리는 생전
처음 들어 봤어요. 숲뿐만 아니라 하늘과 샘들도 근처의 모든 자
연과 일치해서 하나의 공통된 울부짖음을 울리고 있는 것만 같았
어요. 부조화음이 그토록 음악적이고 우레 같은 소음이 그토록 상
쾌하게 들린 적은 난생 처음이었다고요.

티시어스　내 사냥개들도 스파르타 종이지요. 입술은 축 늘어지고 털은 갈색
이며, 머리 양쪽에 늘어진 두 귀는 아침 이슬을 쓸어버리며, 다리
는 굽었고 목의 털가죽은 마치 테살리 Thessaly 종의 황소처럼 풍
부하지요. 추격하는 속도는 느리지만, 그것들이 짖는 소리들은 가
지각색의 종소리가 잘 조화되는 격이기도 하지요. 뿔 나팔에 그만
큼 장단을 맞추어 효과를 발휘할 수 있는 개 짖는 소리는 크레타,
스파르타, 테살리 등지를 찾아봐도 들을 수 없을 거요. 당신이 직
접 듣고 판단해 보라고요. 그런데 아니, 가만 있자! 이 숲의 요정들
은 뭔가?

이지어스　공작 전하, 여기 누워서 자고 있는 건 제 딸인데, 이건 라이샌더고
또 이건 디미트리어스라고 하지요. 그리고 이건 헬레나, 그러니까
네더 Nedar 노인의 딸 헬레나로군요. 원, 이것들이 어떻게 여기
이렇게 같이 있게 되었는지 전 알 수가 없군요.

티시어스 : 히폴리타, 우리는 산꼭대기에 올라가서
개들이 짖는 소리가 메아리와 뒤섞여서
울리는 음악을 들읍시다.
_ 아더 래크햄 작

티시어스	아마도 단오 명절의 의식을 보려고 일찍 일어났겠지. 그리고 우리 계획에 관해 소문을 듣고 결혼 축하 인사를 하러 왔었겠지. 그런데 이지어스, 오늘은 허미아가 가부간에 자신의 선택을 결정하는 날이 아니던가?
이지어스	예, 그렇지요.
티시어스	자, 사냥꾼들에게 뿔 나팔을 불어서 이 자들을 깨우라고 지시해라.(뿔 나팔 소리와 아우성치는 소리가 들린다. 네 사람이 눈을 뜬다.) 모두 이제 일어나는가? 새들이 짝을 찾는 성 밸런타인 Saint Valentine 축제일은 벌써 지났어. 그런데 이 숲의 새들은 이제야 겨우 짝을 찾기 시작한단 말이냐?
라이샌더	공작 전하, 용서해 주세요. (네 사람이 공작 앞에 무릎을 꿇는다.)
티시어스	괜찮아. 모두 일어서라. 너희 두 사람은 확실히 원수 사이일 텐데 도대체 어떻게 해서 잘 화해가 되었느냐? 서로 앙심을 품고서도

상대방을 전혀 의심하지 않은 채 나란히 잠을 잔단 말이냐?

라이샌더   공작 전하, 저는 지금 꿈결인지 깨어 있는지 어리둥절해서 대답을 잘 못하겠어요. 어쨌든 제가 어떻게 해서 이곳에 와 있는지 정말로 알 수가 없군요. 그러나 아마도 정확히 말씀드리자면, 그러자면 지금 형편으로는 아마도 라는 말밖에 나오지 않겠지만, 저는 허미아와 같이 여기 왔겠지요. 저희 생각은 아테네에서 달아나 아테네의 법률 위협이 없는 곳으로 가려는 것이었지요.

이지어스   이만하면 충분해요, 공작 전하. 더 이상 들어 볼 필요도 없지요. 제발 법을, 법을 이놈의 머리 위에 적용해 주세요. 이 두 연놈들은 도망치려고 한 거라고요. 이봐, 디미트리어스, 이 두 연놈들은 도망을 쳐서 너와 나를 실망시킬 작정이었어. 너에게서는 아내를, 나에게서는 아버지의 권리를 박탈하려는 거였지. 나는 내 딸을 너에게 아내로 내어줄 아버지의 권리를 빼앗길 뻔했단 말이야.

디미트리어스   공작 전하, 사실은 두 사람이 숲속으로 도망칠 계획이라는 걸 헬레나가 저에게 귀띔해 주었지요. 그래서 저는 분개하여 이곳으로 뒤쫓아 왔다고요. 한편, 저를 사랑하는 헬레나도 이곳으로 뒤쫓아 왔고요. 그러나 공작 전하, 무슨 마력 때문이었는지는 모르겠지만 어쨌든 확실히 어떤 힘 때문에, 허미아에 대한 저의 연정은 눈 녹은 듯이 사라져 버리고 지금은 어린 시절에 탐내던 보잘 것 없는 장난감처럼 한낱 추억에 불과한 것 같아요. 그리고 지금 오직 헬레나만이 저의 진정이며, 제 마음의 힘이며, 제 두 눈을 즐겁게 하는 대상이지요. 원래 저는 허미아를 만나기 전에는 헬레나와 약혼한 사이였는데 마치 병에 걸리기라도 한 듯이 이 음식이 싫어졌지요. 그러나 이제 건강이 다시 회복되고 평소의 입맛이 돌아왔는지, 헬레나가 탐나고, 좋아지고 그리고 가지고 싶어졌지요. 그래

티시어스와 히폴리타가 잠자는 연인들을 발견하다.

서 앞으로는 죽을 때까지 헬레나에게 충실하겠어요.

티시어스　너희는 다행히도 모두 잘 만났어. 이 이야기는 나중에 다시 듣기로 하자. 이봐, 이지어스, 난 너의 요청을 들어 줄 수가 없어. 이 두 쌍의 남녀는 앞으로 나와 함께 신전에서 백년가약을 맺을 테니까 말이야. 게다가 아침 시간도 이미 상당히 지났나 보군. 사냥을 중지하고, 자, 모두 함께 아테네로 돌아가자! 신랑이 세 사람이고 신부가 세 사람이니 엄숙한 결혼식을 거행하고 피로연을 열자. 히폴리타, 자, 갑시다. *(티시어스, 히폴리타, 이지어스, 그 밖의 사람들이 퇴장한다.)*

디미트리어스　이번의 모든 일은 사소하고 애매모호하게만 보여. 먼 산들이 구름 속에서 희미하게 보이는 것처럼 말이야.

허미아　글쎄 말이에요. 한쪽 눈으로만 따로따로 볼 때처럼 모조리 이중으로 보이는 것 같아요.

헬레나　나도 그래. 난 디미트리어스를 손에 넣었지만, 주운 보석처럼, 원, 내 것인지 내 것이 아닌지 모르겠어.

디미트리어스　그래, 우리는 확실히 눈을 뜨고 있는 것일까? 내 생각에는 어쩐지 아직도 잠을 자고 있고 꿈을 계속 꾸는 것 같아. 아까 공작이 여기 와서 우리에게 자기를 따라오라고 말하지 않았던가?

허미아　그래요. 우리 아버지도 오셨지요.

헬레나　그리고 히폴리타도.

라이샌더　그리고 공작은 우리에게 신전으로 오라고 말했어.

디미트리어스　아, 그럼 우린 모두 깨어 있었어. 자, 공작을 따라가자. 그리고 가면서 꿈 얘기를 자세히 하자. *(모두 퇴장한다.)*

보텀　*(눈을 뜨면서)* 내가 등장할 차례가 되면 날 불러줘. 그러면 내가 내 대사를 할 테니까 말이야. 내가 할 다음 대사는 '절세의 미남

보텀 : 나는 가장 괴상한 환상을 보았다.

피라머스 씨'를 받아서 시작하는 거야. 자, 여러분! *(하품을 하면서 주위를 두리번거린다.)* 퀸스! 풀무 수선장이 플루트! 땜장이 스노트! 스타블링! 제기랄, 모두 달아나고 나만 홀로 남아서 자고 있었다니! 그런데 난 굉장한 꿈을 꾸고 있었어. 그 꿈은, 글쎄, 내가 꾼 꿈은 사람의 지혜로는 도저히 말할 수 없는 꿈이지. 사람이 그런 꿈을 설명하려고 해 봤자 당나귀처럼 어림없는 일이지. *(일어나면서)* 글쎄, 꿈에 내가 말이야. 그건 아무도 말하지 못할 테지만 말이야. *(손을 머리에 가지고 가서 귀를 만져 본다.)* 글쎄, 꿈에 내가, 글쎄, 내가 말이야. 하지만 그런 나를 가지고 뭐 어떻다고 말할 녀석이 있을는지도 모르지만, 그런 사람이란 정말 어릿광대밖에 못되지. 글쎄, 내 꿈은 아무도 눈으로 엿듣지도 않았고, 귀로 엿보지도 않았으며, 손으로 맛보지도 못하고, 혀로 상상하지도 못하며, 그리고 심장이 전달하지도 못하는 그런 꿈이었거든. 그러면 퀸스를 찾아가서 내 꿈 얘기를 노래로 적어 달래야겠어. 제목은

'보텀의 꿈'이 좋겠지. 참으로 밑바닥도 없는 꿈도 다 있군, 그래. 그리고 난 연극이 끝난 다음 공작 앞에서 그걸 노래로 불러 보겠어. 아니, 연극이 좀 더 맛이 나도록 티스비가 죽을 때 불러 봐야겠어. *(퇴장한다.)*

4막 2장

퀸스 집의 방.

🍀 퀸스, 플루트, 스타블링이 등장한다.

퀸스　　보텀의 집에 사람을 보내 봤어? 녀석은 아직도 집에 돌아오지 않았나?

스타블링　그 녀석은 감감 무소식이야. 틀림없이 둔갑해 버렸어.

플루트　　그 녀석이 아직도 돌아오지 않았다면 연극은 글렀어. 연극을 진행시켜 볼 도리가 없지 않겠어?

퀸스　　중지할 수밖에는 없지. 아테네 시내를 다 뒤져도 피라머스 역을 해낼 수 있는 건 그 녀석뿐이거든.

플루트　　그건 그래. 게다가 그 녀석은 정말 아테네의 직인들 가운데 그 누구보다 재치가 뛰어나단 말이야.

퀸스　　물론이지. 그리고 생김새도 제일이지. 더구나 그의 달콤한 목소리는 애인에게 제일 잘 어울리는 거야.

플루트　　그럴 때는 '전형적인 연인'이라고 말해야 돼. 제기랄! 애인이라고
　　　　　하면 말도 안 된다고.

🍀 스너그가 등장한다.

스너그　　여러분, 공작이 지금 신전에서 돌아오고 있는 중인데, 공작 이외
　　　　　에도 두세 쌍의 남녀가 결혼식을 거행했다네. 여흥이 잘만 진행되
　　　　　면 우리는 모두 신세가 펼 것 같아.

플루트　　아, 호걸 보텀이 정말 안 됐어! 이제 그 녀석은 평생 동안 매일 받
　　　　　을 육 펜스의 수당을 영영 놓쳐 버렸거든. 하루에 육 펜스는 틀림
　　　　　없었을 텐데 말이야. 그 녀석이 피라머스 역만 잘해내면 공작이
　　　　　매일 육 펜스의 수당을 지급하고말고. 그렇지 않다면 난 교수형

을 받아도 좋아. 그 녀석은 그만한 수당을 받을 자격이 있거든. 피라머스 역이 매일 육 펜스의 수당이라, 그건 틀림없었을 텐데 말이야.

🌸 *보텀이 등장한다.*

보텀   이놈들이 모두 어디 있는 거야? 모두 다 어디 있는 거냐고?

퀸스   보텀! 아이고, 좋아라! 아이고, 기뻐라!

보텀   여러분, 내가 지금부터 이상한 이야기를 하겠지만 무슨 이야기인지는 묻지 마. 그게 무슨 이야기인지 내가 말한다면, 난 정말 아테네 사람이 아니다 이거야. 난 사건을 있는 그대도 모조리 털어놓을 작정이거든.

퀸스   보텀, 제발 얘기해 줘.

보텀   난 한마디도 하지 않겠어. 다만 내가 하고 싶은 얘기는 공작이 식사를 마쳤다는 것뿐이야. 자, 모두 자기 의상을 챙겨. 턱수염은 튼튼한 끈으로 매달고, 신발에는 새 리본을 달아야 해. 그리고 즉시 공작의 궁궐에서 모이는 거야. 또한 각자 자기 배역을 명심해 줘. 뭐니 뭐니 해도 공작은 우리 연극을 채택했거든. 어떠한 일이 있어도 티스비 역에게는 깨끗한 모시옷을 입혀야만 해. 그리고 사자 역으로 나오는 사람은 손톱을 깎아서는 안 돼. 사자의 발톱은 아주 기니까 말이야. 그리고 우리 출연자 일동에게 부탁하는데 양파를 먹어선 안 돼. 마늘도 먹지 말라고. 우리는 향기로운 입김을 뿜어내야만 하거든. 그리고 내가 장담하지만, 우리 연극은 감미로운 희극이라는 평을 듣게 될 거야. 이젠 더 이상 말하지 않겠어. 가자! 자, 가자고! *(모두 황급히 퇴장한다.)*

5막 1장

티시어스 공작의 궁궐 안의 홀.

🍀 커튼이 쳐진 채 뒤쪽 복도로 통하는 출입구를 가리고 있다. 난

로에는 불이 지펴져 있고, 등불과 횃불이 켜져 있다. 티시어스
와 히폴리타가 등장한다. 필로스트레이트, 그 밖의 귀족, 신하
들이 따라 들어온다. 공작 내외가 자리에 앉는다.

히폴리타   티시어스, 저 연인들의 얘기는 참으로 기묘해요.

티시어스   사실 같지 않을 만큼 정말 기묘하군요. 그런 기묘한 얘기, 그런 동
화 같은 얘기는 도저히 믿어지지가 않아요. 연인들과 미치광이들
은 두뇌 속이 들끓는 탓인지 터무니없는 환상을 그려내고, 결국에
는 냉정한 이성으로는 어림도 없는 일들을 생각해 내기 마련이지
요. 미치광이와 연인과 시인은 머릿속이 상상으로 가득 차 있다고
요. 광대한 지옥도 수용할 수 없을 만큼 많은 악마를 보는 자가 있
는데, 이것이 곧 미치광이요. 광기에 사로잡혀 있는 연인에게는
흑인 여자의 얼굴도 절세미인의 얼굴처럼 보이게 마련이지요. 시
인의 눈 또한 영감에 번뜩이고 일견하여 천상에서 대지를 내려다
보며, 지상에서 천상을 쳐다본다고요. 이렇게 해서 시인의 상상력
이 미지의 사물에 일정한 형태를 주자, 그의 펜은 그것을 구체화
시키며 공허한 환상에다 장소와 명칭을 부여하지요. 강력한 상상
력에는 그러한 마력이 있는 법이라, 어떤 기쁨을 느꼈다 하면 상
상력은 그 기쁨을 구체화시킬 실체를 생각해 내지요. 그러니까 캄
캄한 밤에 공포에 사로잡히면 덤불도 금세 곰으로 보이게 마련이
다 이거요!

히폴리타   하지만 어젯밤의 얘기를 자세히 들어 보면, 그리고 모두 똑같이
마음이 변했던 사실로 미루어보면, 환상의 탓만은 아닌 것 같고,
어떤 커다란 필연의 힘이 작용한 것 같기도 해요. 아무튼 기적 같
은 얘기예요.

시인 - J. H. 모티머 작

| 티시어스 | 바로 그 연인들이 기쁨에 넘쳐 이리 오고 있군요. |

🐾 *라이샌더와 허미아, 디미트리어스와 헬레나가 웃으면서 등장
한다.*

티시어스	모두 축복을 받아라! 사랑의 신선한 나날과 환희가 너희 가슴에서 흘러넘쳐라!
라이샌더	그보다도 더 풍성한 행복이 공작 전하 내외분의 산책길에, 식탁에, 침실에 가득 깃들이기를 축원해요!
티시어스	그런데 무슨 가면극이, 무슨 춤이 마련되어 있느냐? 우리가 저녁 식사를 마친 뒤부터 침실에 들 때까지 지루한 세 시간을 잘 보내

기 위한 것 말이야. 평소에 향연을 맡은 책임자는 어디 있느냐? 여흥은 결정되어 있느냐? 연극은 없느냐? 참을 수 없이 괴로운 시간의 부담을 덜어 줄 연극 말이야. 필로스트레이트를 불러라.

필로스트레이트 전하, 여기 대령하고 있지요.

티시어스 아, 오늘 저녁에는 무슨 명안이 있느냐? 가면극은 어떻게 되었지? 음악은 어떤 건가? 뭔가 위안거리가 없이는 지루한 시간을 메울 수 없지 않겠는가?

필로스트레이트 만반 준비를 해둔 각종 여흥의 목록이 여기 있지요. 어떤 것부터 보시고 싶으신지 말씀하세요. (목록을 내보인다.)

티시어스 '반인 반마의 괴인 켄타우루스 Centaurus 족속과 벌이는 전쟁.

필로스트레이트 : 만반 준비를 해둔 각종 여흥의 목록이 여기 있지요.

아테네의 내시가 하프 반주에 맞추어 노래함' 이라니. 제발 그만
둬. 이건 나의 사촌 허큘리즈의 무훈을 자랑할 때 히폴리타에게
이미 얘기한 적이 있거든. '술의 신 바커스 Bacchus의 제사를 지
낼 때 무당들의 광란. 그들이 격분해서 트라키아 Thracia의 가수
오르페우스 Orpheus를 찢어 죽이는 장면' 이라니. 착상이 낡았
어. 이건 내가 지난번 테베 Thebe에서 개선했을 때 이미 관람한
거야. '최근 궁색하게 작고한 현인을 애도하는, 세 명의 세 배인
아홉 명의 뮤즈 Muse 여신들' 이라니. 이건 여간 가혹한 풍자가
아니야. 결혼식 피로연에 적합하지 않아. '젊은 피라머스와 그의
애인 티스비의 지루하고도 간단한 장면. 매우 비극적인 환희' 라
니. 환희, 그리고 비극적인 것이라니! 지루하고도 간단하다니! 이

티시어스와 켄타우루스

건 뜨거운 얼음이며 불타는 눈이야. 이런 모순을 어떻게 조화시킬 수 있단 말인가?

필로스트레이트 공작 전하, 이 연극은 대사가 열 마디 정도 밖에 안 되지요. 저의 견문이 좁긴 하지만 이렇게 짧은 연극은 처음 보았다고요. 그러나 그 열 마디 대사마저도 너무나 길게 여겨지는데 그건 워낙 지루하기 때문이지요. 연극 전체를 통해서 한 마디의 적절한 대사도, 한 명의 적절한 배역도 없다 이거예요. 그리고 비극적이라고 하는 이유는, 사실이 그렇지만, 연극 도중에 피라머스가 자살하기 때문이지요. 제가 연습하는 걸 구경했는데, 정말 제 두 눈이 흠뻑 눈물에 젖었다고요. 그러면서도 우스워 죽을 지경이라서 그토록 즐거운 눈물을 쏟아 본 건 처음이었지요.

티시어스 도대체 어떤 자들이 출연하는데?

필로스트레이트 이곳 아테네의 직인들, 말하자면 손과 발은 거칠며 지금까지 두뇌라고는 전혀 써본 적도 없는 직인들인데, 공작 전하의 결혼을 축복할 생각으로 생전 처음 기억력을 동원하여 이 연극을 공연하겠다고 나선 거지요.

티시어스 그렇다면 난 그 연극을 관람하겠어.

필로스트레이트 전하, 그만 두세요. 관람하실 만한 게 못되거든요. 저도 한 번 보긴 봤지만 이만저만 엉터리가 아니라고요. 생고생 끝에 외운 대사를 억지로 토해내서 공작 전하의 의향에 들려고 하는 그들의 의욕이나 고작 가상하다고 할까요.

티시어스 난 그 연극을 구경하겠어. 소박한 마음으로, 충실한 마음으로 해준다면 기대에 어긋날 리가 없을 테니까. 자, 그들을 불러들여라. 부인들도 좌석에 앉아요. (*필로스트레이트가 퇴장한다. 연극을 관람하려고 모두 좌석에 앉는다.*)

히폴리타	저는 별로 마음이 내키지 않아요. 무리하게 충성을 보이려고 하다가 결국 실수한다면 가엾거든요.
티시어스	이봐요, 그런 일은 없을 거요.
히폴리타	하지만 저 사람들이 연극에는 완전히 엉터리라고 하잖아요.
티시어스	엉터리라 해도 관람해준다면 그건 우리 마음씨가 더욱 너그럽다는 게 되요. 그들의 실수를 용인해 주는 것도 우리에게는 재미있는 일이고. 아랫사람이 정성껏 해도 안 되는 경우에 윗사람은 그의 의도만 취하고 결과는 불문에 붙이면 되는 거요. 내가 어느 곳엔가 갔을 때 훌륭한 학자들이 미리 준비된 환영사를 할 작정이었는데, 그때 그들은 몸을 달달 떨고 안색은 창백해졌으며, 문구 도중에 말이 막히는가 하면, 너무나도 황공한 나머지 연습한 보람도 없이 말이 끊어지고, 결국에는 벙어리처럼 환영사를 못하고 말았지요. 하지만 나는 정말 그들의 침묵 속에서 오히려 환영의 마음씨를 찾아냈다 이거요. 마구 조잘대는, 건방지고 무엄한 웅변보다는 그렇게 겸손하고 황공해 하는 충성이 나로서는 훨씬 더 좋게 느껴졌던 거요. 그러니까 경애심, 그리고 혀를 속박당한 소박한 마음씨는 말이 없으면 없을수록 한층 더 나에게 웅변과 같은 거라고요.

🌸 *필로스트레이트가 돌아온다.*

필로스트레이트	오래 기다리셨지요? 이제 곧 해설자가 등장해요.
티시어스	빨리 시작하라고 해라.

🌸 *해설자의 배역을 맡은 퀸스가 커튼 앞에 나타나서 설명을 길게*

늘어놓는다. 그런데 구두점이 제멋대로 틀리기 때문에 말이 되지 않는다.

퀸스 ‘만약에 여러분들 비위에 거슬린다면, 이것이 곧 저희 소원이지요. 여러분의 비위를 거스르려고 한 건 아니고, 저희 소원이란 서투른 솜씨를 보이려는 것이며, 이것이 곧 저희 목적의 진정한 동기라고요. 저희는 악의를 품고 왔지요. 부디 그렇게 생각하지는 말아 주세요. 물론 여러분이 만족할 것이라는 생각은 추호도 없고, 저희 본의란 여러분을 즐겁게 하려고 온 게 아니지요. 여러분을 실망시킬 작정으로 이제 배우들이 등장할 거요. 우선 그들의 무언극을 보시고 연극의 전후 관계를 상세하게 납득해 주세요.’ *(채찍으로 커튼 뒤에 신호를 보낸다.)*

티시어스 저놈은 구두점이 하나도 맞지 않아.

라이샌더 저놈의 설명은 사나운 망아지를 몰고 가는 꼴과 같군요. 멈추어야 할 곳에서 멈추지를 않으니까 저렇지요. 공작 전하, 좋은 교훈이 하나 생각났는데, 말을 한다고 다 말이 아니며 조리에 맞아야 말이 된다는 거지요.

히폴리타 저놈이 설명하는 건 마치 어린애가 피리를 마구 불어 대는 것과 같아요. 소리는 나지만 장단은 전혀 맞지 않는 격이라고요.

티시어스 저놈의 말은 마구 얽힌 쇠사슬과 같아. 끊어져 있지는 않지만 사용할 수는 없는 셈이지. 다음에는 누가 등장하느냐?

커튼 앞에 피라머스, 티스비, 돌담, 달빛, 사자 등이 무언극의 자세로 등장한다. 해설자 배역을 맡은 퀸스가 한 걸음 앞으로 나선다.

퀸스	'여러분, 혹시라도 이 무언극을 이상하게 여길지는 모르겠지만, 전후가 명백해질 때까지 당분간 이상하게 여기고 계셔도 좋아요. 말씀드리지만, 이 남자는 피라머스, 그리고 이쪽의 미인은 틀림없는 티스비지요. 석회와 회반죽을 들고 있는 이쪽 남자는 돌담의 배역을 맡았는데, 이 두 연인을 가로막고 있는 것이 바로 이 더러운 돌담이라고요. 가엾게도 두 연인은 겨우 돌담 틈새를 통해서 사랑을 속삭일 수밖에 없어요. 제발 이걸 이상하게 여기지는 마세요. 이쪽에 개를 데리고 등불과 가시덤불을 들고 있는 남자는 달빛이지요. 사연이라고 하면, 두 연인은 창피한 줄도 모른 채 달빛 아래 나이너스 Ninus의 무덤에서 만나고 그 무덤 앞에서 사랑을 속삭이게 마련이지요. 이쪽의 무시무시한 짐승은 사자라고 불리는 것인데, 약속대로 밤의 어둠을 뚫고 먼저 나타난 티스비는 이 사자를 보고 놀라서 허겁지겁 달아나지요. 달아나면서 티스비가 자기 망토를 땅에 떨어뜨리자, 망할 놈의 사자는 그 망토를 피 묻은 입으로 더럽혀 놓지요. 곧 이어서 나타난 늠름한 대장부 피라머스는 정다운 티스비의 망토가 피에 물들어 있는 걸 발견하고는 칼을 빼어들고, 피에 굶주린 칼을 빼어 들고는 피가 끓는 자기 자신의 가슴을 쿡 찌르지요. 한편 뽕나무 그늘 밑에 몸을 숨기고 있던 티스비는 달려와서 남자의 단검을 빼어 자살해 버리지요. 그 나머지는 사자, 달빛, 돌담, 그리고 두 연인이 무대에 등장한 채 제각기 상세한 말씀을 올리기로 되어 있지요.'
티시어스	아니, 사자가 어떻게 말을 한다는 거야?
디미트리어스	전하, 이상한 얘기는 아니라고요. 말을 하는 사자가 한 마리쯤은 있을 법하지요. 지금 세상에는 말을 하는 바보 당나귀가 수없이 많거든요. *(돌담과 피라머스만 남고 모두 퇴장한다.)*

🍂 *돌담이 세 걸음 앞으로 나선다.*

돌담   '이 막간극에서 우연히 스노트라고 하는 제가 돌담의 배역을 맡았어요. 그리고 미리 말해두는데, 이 돌담은 돌담이긴 해도 금이 간 틈, 즉 구멍이 나 있는 돌담이라고요. 연인 피라머스와 티스비는 자주 몰래 만나서 이 구멍 사이로 속삭였지요. 이 진흙 반죽, 이 회반죽, 그리고 이 돌들이 바로 제가 그 돌담이라는 증거지요 사실이 그래요. 그리고 이렇게 오른쪽과 왼쪽에 틈이 나서 좌우로 통하고 있는데, *(손가락을 펴서 보인다.)* 이 틈새를 통해 두 연인이 조마조마한 가슴으로 사랑을 속삭이는 거지요.'

티시어스   넌 돌담에게 저 이상의 웅변을 기대할 작정인가?

디미트리어스   전하, 돌담의 대사치고 저렇게 멋진 건 저도 처음 들었어요.

🍂 *피라머스가 세 걸음 앞으로 나선다.*

티시어스   피라머스가 돌담 가까이 다가가는군. 쉿!

피라머스   '아, 무시무시하게 보이는 밤이여! 아, 먹물처럼 새카만 밤이여! 아, 해가 지면 어김없이 찾아오는 밤이여! 아, 밤이여, 아, 밤이여! 아, 아, 아! 혹시라도 티스비가 약속을 잊어버리지나 않았을까? 그리고 돌담이여! 아, 그리운 돌담, 아, 사랑스러운 돌담이여! 양가 부모의 집들 사이에 서 있는 돌담이여! 돌담이여! 아, 그리운 돌담, 아, 사랑스러운 돌담이여! 너의 구멍은 어디 있느냐? 내 눈으로 들여다보게 해라! *(돌담이 손가락을 펴준다.)* 친절한 돌담이여, 고마워. 이 은덕에 보답하기 위해 나는 조우브 Jove신이 너를 잘 보호해주기를 기원하겠다고! 그런데 가만 있자, 뭐가 보이지? 티스비는 그림자조차 보이지 않아. 아, 이 나쁜 놈의 돌담 같으니라고. 내 행복의 원천은 전혀 보이지 않는다니! 이 저주받을 놈의 돌담 같으니. 이렇게 날 속여먹다니!'

티시어스　　내가 보기에 저 돌담은 살아 있으니까 저주의 대꾸를 분명히 할 거야.

디미트리어스　전하, 그렇지는 않아요. 돌담이 대꾸하지는 않을 거예요. '날 속여먹다니!'는 티스비의 등장의 신호니 이제 곧 티스비가 등장할 거라고요. 그러면 피라머스는 돌담의 틈새 사이로 티스비를 엿보게 될 테고요. 두고 보세요. 지금 말씀드린 그대로 될 테니까요. 저기 마침 티스비가 들어오는군요.

　　　　　　🌺 티스비가 등장한다.

티스비　　　'아, 돌담이여! 우리 님 피라머스와 나의 사이를 가로막고 있는 너는 나의 한탄을 참으로 자주 들었어. 나의 앵두 같은 입술은 참으로 자주 너의 돌에 키스했지. 석회와 머리카락의 반죽으로 쌓아올린 너의 돌에 말이야.'

피라머스　　'말소리가 보이는군. 자, 틈새로 다가가서 티스비의 얼굴이 들리는지 보자. 티스비!'

티스비　　　'당신은 나의 그리운 님, 우리 님인 모양이군요.'

피라머스　　'모양이군요가 다 뭐야? 난 당신 애인이야. 리맨더 Limander(리앤더)와 마찬가지로 나의 진정에는 변함이 없다고.'

티스비　　　'저도 헬렌 Helen(히로)과 마찬가지로 운명의 여신에게 살해될 때까지 영원히 변함이 없어요.'

피라머스　　'프로크러스 Procrus(프로크리스)를 사랑한 셰펄러스 Shafalus(세

피라무스 : 말소리가 보인다.

	펄러스)도 이 정도의 진정은 아니었을 거야.'
티스비	'프로크러스를 사랑한 셰펄러스와 같은 진정을 저는 당신에게 바치겠어요.'
피라머스	'아, 나에게 키스해 줘. 이 망할 놈의 돌담 구멍을 통해서 말이야!'
티스비	'저는 이렇게 돌담 구멍에 키스하지만 당신 입술에는 닿지 않아요.'
피라머스	'넌 이제 곧장 니니 Ninny(나이너스)의 무덤에 가서 나를 만나 주겠어?'
티스비	'죽든 살든 저는 지금 당장 가겠어요.' *(피라머스와 티스비가 퇴장한다.)*
돌담	'돌담인 저는 이렇게 제 배역을 완수했어요. 배역을 완수한 이상 저는 이제 물러가겠다고요.' *(돌담이 퇴장한다.)*
티시어스	이제 돌담은 쫓겨나고 달이 두 사람 사이에 이용되겠군.
디미트리어스	돌담은 쫓겨나도 별 수 없지요. 돌담인 주제에 남의 말을 함부로 엿들으니까요.
히폴리타	전 이런 엉터리 연극은 처음 봐요.
티시어스	아무리 잘해도 연극이란 실체의 그림자에 불과한 거요. 그러니까 아무리 시시한 연극이라 해도 상상력으로 보충하기 나름이오.
히폴리타	그렇더라도 그건 당신의 상상력이지 배우들의 상상력은 아니라고요.
티시어스	아니오. 배우 자신들이 상상하는 그만큼만 우리가 상상해준다면 배우들이 모두 썩 좋은 배우로 통할 수 있을 거요. 그런데 여기 근사한 짐승이 두 놈 등장하는군. 달과 사자야.

*사자와 달이 등장한다.

사자   '숙녀 여러분, 여러분은 마룻바닥을 살금살금 기어 다니는 흉측
             한 작은 생쥐조차 무서워할 만큼 온순한 마음씨를 지녔으니까, 이
             제 사자가 사납게 마구 으르렁대면 아마 대단히 놀라고 몸을 떨
             거요. 그러니까 말씀드리지만, 스너그라고 하는 저는 가구장이인
             데 우연히 잔인한 사자의 배역을 맡아 등장했을 뿐이고 사실은 절
             대로 암사자조차 아니라고요. 제가 정말 사자가 되어 여기 와서
             난동을 부린다면 그건 정말 비참한 일이 될 테니까 말이에요.'

티시어스   매우 온순한 짐승이야. 더구나 대단히 양심적이고.

디미트리어스 전하, 저는 이토록 점잖은 짐승은 처음 보는군요.

라이샌더   하지만 용기는 여우만큼도 못한 사자로군요.

티시어스   사실 그렇군. 그리고 분별력은 거위만큼도 못하고 말이야.

디미트리어스 전하, 그렇지는 않아요. 저놈의 용기는 분별력을 잡을 수 없지만,
             여우는 거위를 잡거든요.

티시어스   아니, 저놈의 분별력은 용기를 잡을 수 없다고 해야겠지. 거위는
             여우를 잡지 못하니까 말이야. 자, 어쨌든 상관없어. 그건 저놈의
             분별력에 맡겨두고, 달빛의 말이나 들어 보자.

달빛   '이 각등은 뾰족한 뿔이 난 초승달을 의미해요.'

디미트리어스 뿔이라면 저놈의 머리에 있어야 마땅해.

티시어스   저놈의 머리는 아무리 봐도 뾰족한 초승달은 아니야. 뿔은 저놈의
             둥그런 얼굴 속에 가려져 있는 모양이야.

달빛   '이 각등은 뾰족한 뿔이 난 초승달을 의미해요. 저는 달 속에 있는
             사람이라고 생각하세요.'

티시어스   이런 엉터리가 세상에 어디 또 있어? 사람이 각등 속에 들어가 있

어야만 한다니 말이야. 그렇지 않다면 저놈이 어떻게 달 속에 있는 사람이 되겠어?

디미트리어스 각등 속에는 촛불이 있으니까 저놈이 그 속에 들어가 있을 수는 없을 테지요. 저걸 보세요, 지금 한창 타고 있는 저 촛불의 심지를 잘라내야 할 판이거든요.

히폴리타 아, 보기 싫어. 저런 달은 빨리 퇴장해 주면 좋겠다고요!

티시어스 분별력의 광채가 저렇게 약한 걸 보면, 저 달은 머지않아 질 거요. 하지만 예의로 보나 이치로 보나 우린 참고 시간을 기다릴 수밖에 없는 거요.

라이샌더 이봐, 달빛이 연기를 계속해.

달빛 '제가 여러분에게 말씀드려야만 하는 것이란 이 각등은 달이고, 저는 달 속에 있는 사람이며, 이 싸릿대는 저의 계수나무고, 이 개는 저의 개라는 거지요.'

디미트리어스 아니, 그러면 모조리 각등 속에 들어가 있어야만 해요. 저건 모두 다 달 속에 들어 있는 것들이거든요. 하지만 조용히 합시다! 지금 티스비가 들어와요.

🌸 *티스비가 다시 등장한다. 사자와 달빛이 복도 앞의 커튼을 연다. 그곳에는 '나이너스의 묘지' 라고 적힌 푯말이 서 있다.*

티스비 '이게 유서 깊은 니니의 무덤이야. 우리 님은 어디 있지?
사자 *(으르렁댄다)* '어홍!'

🌸 *티스비가 망토를 벗어 던지고 허겁지겁 달아난다.*

디미트리어스	사자야, 넌 멋지게 으르렁대는구나!
티시어스	티스비, 넌 멋지게 달아나는구나!
히폴리타	달아, 넌 멋지게 비추어 주는구나! 정말 저 달은 멋지게 비추어 준다고요. *(사자가 티스비의 망토를 물어뜯는다.)*
티시어스	사자야, 넌 멋지게 물어뜯는구나!
디미트리어스	그러면 이제 피라머스가 등장하겠군요.

🌸 *피라머스가 다시 등장한다. 사자가 퇴장한다.*

라이샌더	그리고 결국 사자는 퇴장하는군요.
피라머스	'정다운 달아, 네 덕분에 이 밤이 대낮처럼 밝아. 이렇게 밝게 비춰 주니 고마워. 달아, 너의 친절하고 황금빛으로 반짝이는 달빛 덕분에 나는 내가 신뢰하는 티스비를 만날 수 있거든. 그런데 가만 있자. 아이고, 이런! 가련한 기사야, 저걸 보라고. 이게 무슨 무시무시한 슬픔이란 말인가! 두 눈아, 보이느냐? 어떻게 이런 일이 있을 수 있느냐? 아, 사랑스러운 오리 같은 당신! 아, 내 사랑! 당신의 멋진 망토가 이렇게 피로 더럽혀지다니! 잔인한 복수의 여신들아, 오라! 자, 운명의 여신들아, 오란 말이다! 빨리 와서 내 목숨의 줄을 잘라라. 자, 두들겨 패고, 마구 부수고, 함부로 치고, 때려 죽여라!'
티시어스	대단한 격정이로군. 애인이 죽고 보니 저렇게 비통한 표정을 지을 수밖엔 없지.
히폴리타	역시 저 사람이 가엾긴 가엾군요.
피라머스	'아, 조물주여! 어찌하여 사자를 만드셨나요? 흉악한 사자란 놈이 제 애인의 꽃 같은 목숨을 없애버렸다고요. 제 애인은 절세의 미

인인데, 아니, 아니, 세상에서 가장 아름다운 미인이었는데, 조금 전까지만 해도 살아 있었고 모든 사람의 사랑을 받았으며, 호감도 샀고 존경도 받았다고요. 자, 눈물아, 마구 쏟아져라. 자, 칼아, 칼 집에서 빠져나와 이 피라머스의 가슴을 찔러라. 그래, 왼쪽 가슴을, 염통이 뛰고 있는 왼쪽 젖가슴을 찌르란 말이야. (*자기 가슴을 칼로 찌른다.*) 난 이렇게 죽어. 이렇게, 이렇게, 이렇게 죽는다고. (*칼을 떨어뜨린 뒤 비틀거리면서 묘지가 있는 곳까지 걸어가서 쓰러진다.*) 이제 나는 죽는 거야. 이제 나는 이 세상을 떠나는 거야. 내 영혼은 하늘로 날아오르지. 내 혓바닥아, 빛을 잃어 버려라! 달아, 달아나라! (*달빛이 퇴장한다.*) 자, 이제는 죽는 거야. 죽는 거야. 죽는 거라고. 죽는 거란 말이야.' (*자기 얼굴을 가린다.*)

디미트리어스   저놈의 주사위는 4점이 아니라 겨우 1점밖에 안 돼. 자기 혼자뿐 이니까.

라이샌더   저놈은 1점도 못 돼. 죽었거든. 이젠 영이야. 꽝이라고.

티시어스   의사의 치료를 받아 당나귀로 소생한 다음 더욱더 바보짓을 할는 지도 모르지.

히폴리타   달빛은 왜 들어가 버렸지요? 티스비가 돌아와서 애인의 시체를 알 아봐야 할 텐데 말이에요.

티시어스   티스비는 별빛으로 알아볼 거요. 저기 티스비가 등장하는군. 저 여자의 비탄으로 막이 내리겠지.

🌸 *티스비가 다시 등장한다.*

히폴리타   피라머스가 저런 상태니까 티스비는 그리 오랫동안 비탄에 잠기 진 않을 거예요. 제발 빨리 끝내 주면 좋겠어요.

디미트리어스 저런 피라머스에다 이런 티스비라니, 앉은뱅이 저울에 달면 먼지 하나의 차이도 없겠어. 제기랄, 저따위 남자 배역이 어디 있어? 여자 배역도 그렇고 말이야. 피장파장이라고.

라이샌더 여자가 벌써 남자를 알아보았어. 눈이 밝기도 하군.

디미트리어스 그래서 이렇게 말하지.

티스비 '우리 님이여, 잠들었어요? 아니, 죽은 건가요? 그리운 님, 피라머스, 일어나세요! 그리고 말을 하세요. 말을 하라고요. 완전히 벙어리가 되었나? *(남자의 얼굴을 들어 올린다.)* 죽었나요? 죽었단 말인가요? 당신의 고운 두 눈은 무덤에 묻혀야만 하겠군요. 백합 같이 새하얀 입술, 버찌처럼 빨간 코, 노란 앵초와도 같은 뺨은 모두 사라져 버렸군요. 모조리 사라져 버렸다고요. 온 세상의 여인들아, 다 같이 슬퍼해 주세요. 이분의 두 눈은 부추처럼 초록색이었다고요. *(운다.)* 복수의 세 자매들이여, 오라. 나에게 오라. 우유처럼 하얀 너희 손을 핏덩어리 속에 집어넣어라. 우리 님의 실낱같은 목숨을 너희가 가위로 잘라 버렸으니까. 내 혓바닥아, 너는 더 이상 아무 말도 할 필요가 없어. 칼이여, 난 너를 믿어. 자, 칼날이여, 내 가슴을 찔러라. *(피라머스의 칼을 찾다가 없으니까 칼집으로 찔러서 자살한다.)* 여러분, 안녕히 계세요, 티스비는 이렇게 죽는다고요. 안녕히 계세요. 안녕히, 안녕히 계세요.' *(피라머스의 시체 위에 푹 엎어진다.)*

☙ *사자, 달빛, 돌담 등이 등장하여 나이너스의 묘지를 커튼으로 가린다.*

티시어스 달빛과 사자가 남아서 저 시체들을 처리하겠군.

버고마스크 춤 _ 가면 쓴 사람들의 군무.

디미트리어스	그럼요. 그리고 돌담도 거들겠지요.
사자	*(일어서면서)* 그렇지는 않아요. 절대로 그렇지 않다고요. 양가 부모의 집을 가로 막고 서 있던 돌담은 이미 허물어지고 없거든요. *(품안에서 종이쪽지를 꺼낸다.)* 그러면 이제 끝맺는 말을 해드릴까요? 아니면, 저희 가운데 두 사람이 추는 버고마스크 Bergomask 춤을 보여 드릴까요?'
티시어스	끝맺는 말은 제발 생략해라. 너희 연극은 굳이 변명을 늘어놓을 필요가 전혀 없거든. 끝맺는 말로 변명은 제발 하지 말라고. 등장인물이 모두 죽어서 비난받을 상대가 하나도 없으니까 말이야. 하기야 이 연극의 희곡을 쓴 그놈이 피라머스의 배역을 맡아서 티스비의 양말 끈으로 목을 매 죽었더라면, 매우 멋진 비극이 되었을 거야. 하여간 이건 정말 멋진 비극이야. 그리고 너희는 모두 연기가 훌륭했어. 그런 그렇고, 자, 버고마스크 시골 춤을 추어 봐라.

끝맺는 말은 생략하고 말이야. *(달빛과 돌담이 버고마스크 춤을 추면서 퇴장하고 사자도 퇴장한다. 티시어스가 일어서면서 말을 계속한다.)* 심야의 종은 지금 막 열두 점을 쳤어. 자, 연인들이여, 신방으로 들어가자. 이럭저럭 요정들이 나타날 시간이 된 모양이야. 오늘 밤에는 이렇게 늦도록 밤샘을 했으니 내일 아침에 늦잠을 자지나 않을까 염려되는군. 어색한 연극이기는 했지만 그 덕분에 지루한 밤이 가는 줄도 몰랐어. 자, 여러분, 이제 잠자리에 듭시다. 앞으로 두 주일 동안은 이번 결혼을 축하하며 매일 밤 이렇게 잔치를 열고 여흥도 가지각색으로 즐깁시다.

🌿 *티시어스가 히폴리타를 데리고 퇴장하고 그 뒤를 따라 애인들도 서로 손을 잡고 퇴장한다. 이어++서 모두 퇴장한다. 등불이 꺼지고 무대는 캄캄해지며 타다 남은 난롯불만 보인다. 파크가 빗자루를 들고 등장한다.*

파크 지금은 한밤중. 굶주린 사자는 으르렁거리고 늑대는 달을 보고 짖어대지요. 낮에 밭을 가느라 지쳐버린 농부는 곤하게 코를 골고 있지요. 타다 남은 장작들은 이글이글 타고 있으며, 비참하게 누워 있는 환자는 올빼미의 불길한 울음소리에 수의를 연상한다고요. 지금은 밤의 세계. 무덤은 아가리를 딱 벌리고 망령들은 교회의 문을 미끄러지듯이 빠져 나오지요. 우리 요정들은 태양 광선은 피한 채 꿈과 마찬가지로 어둠의 뒤를 따라가는가 하면 하늘과 땅과 지옥을 지배하는 마법의 여신 헤커티 Hecate의 마차와 나란히 달려가지요. 자, 이제는 우리 세상이니 마음껏 즐겁게 놀아보자. 생쥐 한 마리도 얼씬대지 마라. 이 집은 신성한 집이니까 말이

헤커티 _ 윌리엄 블레이크 작

야. 내 임무는 빗자루를 들고 앞에 나서서 문 뒤의 먼지를 쓰는 거라고.

🌸 갑자기 오베론과 티테이니아와 요정들이 몰려 들어온다. 각자 초가 꽂힌 둥그런 테를 머리에 쓰고 있는데 난로 옆을 지나가면서 초에 불을 붙인다. 무대가 환하게 밝아진다.

오베론　　　맥없이 타고 있는 난롯불로 이 집에 희미하게 비추는 불빛을 주자. 자, 요정들아, 덤불에서 날아오른 새들처럼 모두 경쾌하게 춤을 추어라. 내 노래도 따라 부르며 얼씨구절씨구 춤을 추어라.

티테이니아　(오베론에게) 당신이 먼저 한 마디씩 장단을 맞춰서 선창하면, 우

린 모두 손에 손을 잡은 채 곡조도 아름답게 따라 부르며 이 집을
축복하겠어요.

🌸 오베론이 먼저 노래를 부르고 그 다음에 요정들이 합창한다.
　　모두 노래를 부르면서 손을 잡고 춤을 추면서 무대를 돈다.

오베론　자, 요정들아, 날이 샐 때까지 너희는 모두 이 집을 구석구석 돌아
　　　　다녀라. 우리는 이 집 주인의 신방에 가서 신혼의 그들을 축복해
　　　　주겠어. 그들 사이에 태어날 자녀들에게도 우리는 행운을 빌어 줄
　　　　작정이야. 그러면 세 쌍의 신혼부부들이 모두 언제까지나 참 사
　　　　랑 안에서 살게 될 거라고. 그리고 모든 자녀들은 대자연의 손에
　　　　서 아무런 결함도 받지 않고 태어날 거야. 사마귀, 언청이, 흉터 등
　　　　의 불길한 결함을 지니고 세상에 태어나서 멸시받는 일이 없게 할
　　　　거야. 요정들아, 각자 가서 들의 신성한 이슬을 따다가 이 집의 방
　　　　마다 뿌려라. 그리하여 감미로운 평화로 이 집을 축복해라. 그러
　　　　면 이 집 주인은 축복을 받아 영원히 평안을 누릴 거란 말이야. 자,
　　　　모두 뛰어가라. 머뭇거리지 말고 말이야. 새벽까지는 모두 나에게
　　　　돌아와야만 해.

🌸 오베론, 티테이니아, 요정들이 모두 퇴장한다. 무대는 캄캄해
　　지고 다시 조용해진다. 파크가 남아서 끝맺는 말을 한다.

파크　　만일 그림자에 불과한 저희가 한 짓이 여러분의 마음에 들지 않는
　　　　다면 이렇게 생각해 주세요. 여러분이 잠시 졸고 있는 동안 여러
　　　　가지 환영이 나타난 거라고 말이에요. 그러면 모두 원만하게 귀결

오베론 : 자, 모두 뛰어가라. _ T. 폰 홀스트 작

파크 _ J. 레이놀즈 작

이 될 거라고요. 이 빈약하고 보람 없으며 꿈과 같은 연극을 그리 심하게 꾸짖지는 마세요. 양해해주신다면, 저희는 앞으로 힘써 고쳐 나가겠어요. 만일 저희가 의외의 요행으로 신랄한 비난을 모면하기만 한다면 머지않아 좀 더 나은 솜씨를 보여 드리겠어요. 저희 일행을 대표하여 정직한 파크라고 하는 제가 약속하지요. 그렇게 하지 못하는 경우에는 저를 거짓말쟁이라고 부르세요. 자, 여러분, 모두 안녕히 주무세요. 이 연극이 마음에 드신다면, 자, 박수를 쳐주세요. 그러면 로빈이라고 하는 저는 무대에서 다시 뵙겠어요. *(파크가 퇴장한다.)*

셰익스피어 인물 소개

셰익스피어의 생애

　　　　　　　　우리가 알고 있는 셰익스피어의 생애는 그의
작품 세계와도 일치한다. 현실적 사고방식에 근거한 그의 천재적인 상상은 낭
만적인 환상보다 월등히 높은 차원을 날고 있다. 일리저베드 시대의 전기관(傳
記觀)으로 보든지, 또는 당시 극작가의 미천한 사회적 위치라는 점에서 보든
지, 셰익스피어는 비교적 놀라울 만큼 풍부한 전기의 자료를 남겨두고 있다.
첫째 교회나 관공서, 궁정 등에 남아 있는 기록, 둘째 동시대인들이 셰익스피
어에 대해서 언급한 기록, 셋째 지금까지 전해져 내려온 전설 등이다. 하지만
무엇보다도 그의 작품이 가장 주요한 자료가 될 것이다. 이것은 다른 작가들의
경우처럼 작품 안에 자서전적인 요소가 들어있다는 뜻이 아니라, 그의 작품 전
체를 일관하여 흐르고 있는 셰익스피어의 정신. 또는 그의 내면적인 상(橡)을
작품에서 가장 잘 나타내고 있다는 뜻이다.

✾ 유년시대

월리엄 셰익스피어는 1564년 4월 26일 스트래트퍼드 온에이븐 교회에서 세례를 받았다. 당시 세례에 얽힌 사항들로 미루어 볼 때 그의 탄생 날짜는 23일로 추측되고 있다. 그의 죽음의 날짜 또한 공교롭게도 1616년 4월 23일이었다. 그의 아버지 존 셰익스피어는 다른 고장에서 이사를 와서 이 고장에서 잡화상, 푸주, 양모상 등을 경영하여 부유해졌다. 사회적 지위도 시의 재무관과 시장까지 지낸 바 있었다. 그의 아버지는 부(富)와 출세를 겸한 인물로, 슬하에 자녀를 여덟 명이나 두었다. 그 셋째가 월리엄 셰익스피어이다. 그의 교육과정은 고장 그래머 스쿨을 채 끝마치지 못한 채 오학년 과정에서 중퇴했다고 추측하고 있다. 셰익스피어가 그래머 스쿨조차 모두 마치지 못한 이유는 집안 형편이 어려워 진 탓으로 본다. 시인 벤 존슨은 후일 셰익스피어를 가리켜 '라틴어를 겨우 조금 알고, 그리스어는 거의 모르는 사람'이라고 평한 바 있다. 그러나 셰익스피어는 문법학교에서 익힌 라틴어를 토대로 라틴의 고전들을 충분히 읽어낼 만큼 총명하고 민첩한 두뇌의 소유자였다.

셰익스피어의 아버지 존은 시장 시절에 서명(署名)을 클로버 잎으로 대신했다고 한다. 그것은 그가 무학(無學)이었던 탓이라고 보는 학자들도 있지만, 아무튼 그의 경력은 여러 가지로 드라마틱하다. 그의 가문의 쇠퇴는 당시 국내의 격동하는 정치 정세 때문일 것이라는 설이 있다. 존은 경건한 가톨릭 신자였다. 그러던 것이 헨리 8세가 성공회(聖公會)를 내세워 종교개혁을 하는 바람에 가톨릭교도는 타격을 받지 않을 수 없게 되었다. 아마 가정의 이러한 몰락에 자극받아 출세를 위해 셰익스피어는 런던으로 상경했을지도 모른다. 이러한 이유로 부모의 신앙과 관련하여 셰익스피어 개인의 신앙은 과연 가톨릭이었겠느냐, 신교이었겠느냐, 무신론자였겠느냐 하는 논쟁이 자연히 열을 띠게 되었다.

이 고장에는 대학에 진학한 자제들이며 대학 출신의 지식인들도 상당수 있었다. 셰익스피어는 문법학교를 중퇴하게 되자, 어느 변호사의 법률 사무소 서기로 취직했다고 보는 견해가 있다. 머리가 명석한 셰익스피어는 아마 이 서기 시절에 법률 서적을 맹렬히 읽었을 것이다. 예민한 관찰력과 정확한 판단력을 가지고 그는 인위적인 법률의 부조리를 간파했을는지도 모른다. 후일 그의 사극이나 비극에서 전개되는 권력 투쟁의 세계는 이미 이 무렵부터 어렴풋이 그의 뇌리에 어른거렸을는지도 모른다. ≪헨리 6세≫ 제2부에서 재크 케이드 일당의 폭도들은 "법률가를 죽여 버려라!" 고 외친다. 이 시골 도시의 장서를 가지고는 셰익스피어의 독서열은 도저히 충족될 수 없는 일이었겠지만, 그래도 그는 ≪성서≫, 홀린세드의 ≪사기(史記)≫, ≪오비드≫ 등의 라틴 고전 문학에 접할 수 있었을 것이다. 셰익스피어는 한 번 읽은 것은 차곡차곡 뇌리에 축적해 두었다가 필요할 때는 누에가 실을 뽑아내듯이 독서에서 얻은 지식을 언제든지 재생해낼 수 있는 비상한 머리를 가진 사람이었다.

결혼생활

셰익스피어는 1582년 11월 28일 스트래트퍼드의 서쪽 약 1마일 지점에 있는 쇼터리 마을의 지체 있는 한 부농(富農)의 딸인 앤 해서웨이와 결혼했다. 그때 그는 열여덟 살, 신부는 여덟 살 위인 스물여섯이었다. 결혼한 지 5개월 후인 1583년 5월 23일에 큰딸 스잔나가 태어났고, 1585년 2월에는 쌍둥이가 태어났다. 장남 함네트와 둘째 딸 주디스다. 셰익스피어의 결혼생활에 대한 기록은 여기서 일단 중단되어 있다. 셰익스피어의 결혼에 대해서는 논쟁이 분분하지만 이들 부부의 결혼생활은 부자연스럽기보다도 자연스러운 듯싶다. 대개 젊은 청년이 연상의 여성을 사랑할 때 불행으로 끝나게 마련이지만 이 결혼은 성

취된 것이다. 로미오와 줄리엣의 경우처럼 풋내기 젊은 남녀의 불꽃이나 유성같이 눈 깜박할 사이에 사라져 버리고 마는 사랑이 오히려 부자연스러운지도 모른다. 로미오와 줄리엣의 사랑은 셰익스피어와 앤과의 현실적인 사랑의 역설인지도 모른다. 대개 남성은 그 심층 심리에 모성에 대한 영원한 동경을 간직하고 있다고 한다. 햄릿의 경우가 아마 그러하다 하겠다. 예술적인 천재를 지닌 셰익스피어는 이 본능에 있어서 또한 남달리 강렬했음을 보여 주고 있다. 셰익스피어의 결혼생활이 불행했으리라고 논증하는 학자들이 더러 있지만, 반드시 그렇지만은 않았을 것이다.

그후 1592년, 당시의 대(大)극작가 로버트 그린이 한 푼 없이 비참하게 여인숙에서 죽어 가면서 동료에게 보낸 서한에 다음과 같은 구절이 있다. '우리의 깃으로 단장을 한 한 마리의 까마귀 새끼가 벼락출세를 해가지고, 당신네들 누구에 못지않게 무운시(無韻詩)를 잘할 수 있다고 망상하고 있다. 그뿐 아니라 그자는 온통 자기만이 천하를 세익 신(振動 shake-scene)케 하고 있는 듯 몽상하고 있다.' 이 구절 중 천하를 진동시킨다는 뜻으로 쓰여진 세익 신은 셰익스피어의 이름자와 관련된 풍자인 것으로 해석되고 있다. 이 글은 갑자기 런던에 혜성같이 나타나서 연극계를 주름잡기 시작한 초기 셰익스피어의 모습이 엿보이지만, 그는 이렇듯 런던에서 비우호적으로 받아들여졌던 것이다.

그러면 고향에서 기록이 중단된 후, 그린의 이 서한이 나오기까지 약 7년간 그는 대체 어디서 무엇을 했을까? 여기서는 각가지 전설적인 얘기며 추측 등이 전해져 내려오고 있다. 스트래트퍼드의 귀족 루시 경의 숲에서 밀렵(密獵)한 죄로 벌을 받자 셰익스피어는 루시 경을 풍자하는 시구의 방(榜)을 내 붙였다가 끝내는 고향에 있지 못하게 되었다든가, 잠시 이웃 마을의 어느 귀족의 집에서 가정교사를 했을 것이라든가, 이 고장에 찾아온 순회공연 극단을 따라 런던으로 상경했으리라든가….

🍀 습작기

런던의 연극계에 발을 들여 놓은 셰익스피어는 직책의 선택 여부가 있을 수 없었다. 그는 우선 〈레스터 백작 소속 극단〉에 취직하여 처음에는 관객이 타고 온 말을 보관하는 말지기 역할을 맡아 보았다. ≪맥베드≫에서 밤중 문지기의 훌륭한 대사는 이 시절의 생생한 체험이었는지도 모른다. 그러나 이 무렵 그는 직책은 비록 말지기였으나 극단의 일원으로 가끔 극에 관여할 기회가 있었다. 그는 그런 기회를 잘 이용하여 재능을 인정받아 배우로 등용되었다. 그러나 배우로서의 셰익스피어는 그리 뛰어나지 못했던 것 같다. 후일에도 ≪햄릿≫의 유령 역이나 ≪뜻대로 하세요≫의 애덤 노인 역 등 단역으로 출연했다고 전해진다.

셰익스피어는 극단 전속 작가가 되었다. 당시 극단 전속 작가란 대개 타인의 인기 있는 작품을 개작이나 하는 직책이었다. 일종의 표절이었다. 그러나 당시에는 표절판이 가능할 정도로 판권이 보장되어 있지 않았기 때문에, 타인의 작품을 아무런 구애도 없이 어떠한 형태로든지 개작할 수 있었다.

런던에 상경한 셰익스피어는 〈레스터 백작 소속 극단〉에 발을 들여놓은 후로 이윽고 〈스트레인지 남작 소속 극단〉, 〈궁내 대신 소속 극단〉, 〈국왕 소속 극단〉 등의 일원으로 '극장(劇場 The Theatre)'에서 활동하게 된다. 극장은 런던 시 외곽 북쪽 변두리에 1576년에 세워진 건물이다. 셰익스피어가 소속한 극단은 1599년부터 런던 시의 남쪽 템즈강 건너에 세워진 〈글로브 극장〉에서 활동하게 된다.

그린의 비우호적인 1592년의 기록과는 달리, 1598년 프랜시스 미어즈라는 젊은 학자는 ≪지식의 보고(寶庫)≫라는 책자에서 셰익스피어의 몇몇 극을 관람한 사실을 들어 격찬을 아끼지 않고 있다. 그가 관람했다는 극 중에는 다음 작품들이 열거되어 있다. ≪베로나의 두 신사≫, ≪착오 희극≫, ≪사랑의 헛수고≫, ≪사랑의 수고의 보람(이것은 셰익스피어의 어느 극을 두고 말한 것인지 알 수 없다)≫, ≪한여름 밤의 꿈≫, ≪베니스의 상인≫, ≪리처드 2세≫, ≪리처드 3세≫, ≪헨리 4세≫, ≪존 왕≫, ≪타이터스 앤드로니커스≫, ≪로미오와 줄리엣≫ 등. 이 기록으로 보아 셰익스피어는 초기에 이미 사극, 희극, 비극에 모조리 손을 댄 것이 된다.

그가 최초로 제작한 사극 ≪헨리 6세≫ 제 1, 2, 3부(1590~1592)와 ≪리처드 3세≫(1592~1593), 이 네 편의 사극은 하나의 체계를 이루고, 왕권을 에워싼 귀족들의 갈등에 의한 질서와 무질서의 대립이 빚어내는 국가의 혼란과 불안, 권불십년(權不十年), 인과응보 등의 외적인 양상이 추구되고 있다. 이 시기의 단 한 편의 비극인 ≪타이터스 앤드로니커스≫(1593~1594)는 당시 유행이던 유혈복수의 비극에 있어서도 토머스 키드와 같은 선배 극작가의 '스페인 비극'을 능가하고 있음을 실증해 주고 있다.

이 습작기에 셰익스피어는 희극에 있어서도 솜씨를 발휘하기 시작했다. ≪착오 희극≫ (1592~1593)을 비롯하여 ≪말괄량이 길들이기≫(1593~1594), ≪베로나의 두 신사≫(1594~1595), ≪사랑의 헛수고≫(1594~1595) 등이 그것들이다. 이 초기 희극들은 현실 세계와 낭만 세계를 차례로 전개시켜 본 희극들이다. 이 두 개의 세계는 교체성장(交替成長)하여 다음 시기의 ≪한여름 밤의 꿈≫(1595~1596)을 계기로 완전히 융합되어, 제 2기의 로맨틱 코미디(浪漫喜劇)라는 새로운 희극이 탄생하게 된다.

이 무렵 또한 그는 장편의 이야기 시 ≪비너스와 아도니스≫(1593년 출판)와 ≪루크리스의 능욕≫(1594년 출판)을 이미 친밀히 교제하게 된 유력한 귀족 청년 사우샘프턴 백작에게 바친 바 있다. 그의 ≪소네프 집(集)≫ 또한 이 무렵에 쓰여 진 듯하다. 그의 습작기는 동갑인 말로 Marlowe의 영향을 받았다. 그러나 그의 희극들의 탄생으로 그는 이미 말로의 영역을 초월하게 되었다. 만인(萬人)의 마음을 가진 셰익스피어는 고귀한 정신의 상승과 몰락의 묘사에 그치지 않았으며, 컴컴한 고독이나 비극만을 추구하지도 않았다. 그는 인생의 즐거운 면에도 주목했다. 초기의 희극들은 벌써 인생의 밝은 면, 즐거운 면에 눈길을 돌린 증거이다.

셰익스피어의 습작기가 끝날 무렵에 그의 선배 작가이자 경쟁 작가들인 '대학재파(大學才派)'의 극작가들은 그린(1592년)이나 키드(1594년) 같이 빈곤 속에 비참하게 세상을 떠나거나 또는 말로(1593년) 같이 정치 음모로 암살되는 등, 그 밖의 대학재파들도 모두 비참하게 연극계를 떠나게 되었다. 오늘 날 문학사에 남은 대학재파들은 7~8명밖에 안되지만, 당시 실제 활동한 대학재파들은 20명 전후가 되지 않았나 싶다. 그들은 모두 셰익스피어에게 호의를 갖지 않은 경쟁 작가들이다. 그것은 셰익스피어가 굉장히 많은 수나 양을 나타내는 것의 이미지로 20(Twenty)을 사용하고 있는데, 이 20이란 숫자의 이미지는 그의 전 작품을 통해 150회나 사용되고 있다. 이와 같은 이미지는 그의 20명의 경쟁 작가가 무한히 많은 숫자로 여겨진 데서 온 것인지도 모른다.

🌺 발전기

셰익스피어는 제 2기에 접어들면서 그의 집념이었던 비극을 시도하였다. 그의 최대 관심인 사랑을 주제로 한 ≪로미오와 줄리엣≫(1594~1595)이 그것이다. 그러나 이 극은 아직 그의 역량을 가지고는 성격 창조에까지 미치지는 못하고 그 아름다운 서정성에도 불구하고 한낱 운명 비극으로 그친다. 그의 이 시기는 사극의 체계가 매듭지어지고, 로맨틱 코미디가 완성된 시기이기도 하다.

이와 같은 보람찬 작품 제작과 더불어 그의 주변 또한 활발한 양상을 보여 준다. 기록에 의하면, 당시 런던에서는 매년 되풀이되다시피 여름철에는 전염병이 창궐했다고 한다. 당시 런던은 인구 20만 내외의 도시였는데, 그런 전염병이 한 번 휩쓰는 날이면 인구의 십 분의 일이 죽어 없어질 정도로 전염병은 위세를 떨쳤다고 한다. 전염병이 창궐하면, 그렇잖아도 우범지대로 여겨지던 극장이었으니까, 극장은 폐쇄되고 극단은 지방 순회공연에 나섰다. 우리는 ≪햄릿≫에서 그런 지방 순회 극단의 경우를 볼 수 있다. 셰익스피어가 소속한 극단은 비교적 큰 극단이었기 때문에 전속 극작가인 셰익스피어는 지방 순회에 동행하지 않고 전염병을 피하여 고향에 돌아가 있었으리라고 생각된다.

셰익스피어가 발전기인 제 2기에 사극의 체계를 매듭짓고 낭만 희극을 완성했음은 앞에서 밝힌 바와 같다. ≪리처드 2세≫(1595~1596), ≪헨리 4세≫ 제 1, 2부(1597~1598), ≪헨리 5세≫(1598~1599), 이 네 편의 사극은 셰익스피어의 이른바 제 2군(群)의 사극으로 제 1군의 사극과 마찬가지로 질서와 무질서의 대결이 전개된다. 제 1군의 사극에서 벌어지는 장미 전쟁의 치욕적인 역사의 원인으로 파악되고 있다.

군왕의 자질이 결여된 리처드 2세는 권모 술수가이자 기회주의자인 그의 사촌 헨리 볼링블루크에 의해 왕위를 찬탈 당한다. 헨리 볼링브루크는 왕위를 찬탈하여 헨리 4세가 된다. 헨리 4세는 왕위를 불법적으로 탈권한 죄의식에 일생을 두고 정신적으로 시달림을 받으며 내란은 끊이지 않는다. 그의 아들 헨리 5세는 내란을 수습하고 프랑스로 출정하여 애진코트의 대승리로 국위를 선양한다. 그러나 그는 요절하고 만다. 그의 아들 헨리 6세가 기저귀를 찬 갓난아이로 등극한다. 헨리 6세 시대에 장미 전쟁이 벌어져서 국가는 아비규환의 수라장으로 변하고 삼십여 년간 국민은 지옥의 고통에 시달린다.

이와 같은 혼란과 혼돈은 제 2군의 사극에서 헨리 4세가 리처드 2세의 정당한 왕권을 불법적으로 찬탈한 데에 기인한 것이라는 인과응보의 인식인 것이다. 제 1군의 사극과 제 2군의 사극을 통하여, 셰익스피어는 무질서의 이면에 영원한 질서와 평화의 존재를 깊이 인식하고 있는 것이다. 우리는 셰익스피어를 르

네상스적 낭만 정신의 기수로 알고 있다. 그러나 한편 그는 그의 사극에서 보여 주고 있다시피 중세기의 전통적인 질서 개념을 그의 정신의 밑바닥에 가지고 있었다. 이것 역시 그의 이중 영상, 이원성이라고 하겠다. 이 시기의 ≪존 왕≫(1596)은 8편의 사극과 커다란 질서 체계와는 무관한 고립된 사극이다.

이 시기에 꿈의 세계와 현실을 비로소 완전히 융합시킨 낭만 희극들이 쏟아져 나오게 되는데, 그 첫 낭만 희극 ≪한 여름 밤의 꿈≫은 어떤 귀족의 결혼 축하연을 위해 제작된 것이 분명하다. 셰익스피어의 극이 그의 소속 극단에 의해 일리저베드 여왕이나 제임즈 1세 어전에서 상연되었다는 기록들이 더러 있다. 셰익스피어의 극에는 여왕을 찬양한 구절들이 여기저기 나타나 있고, ≪맥베드≫와 같은 극은 제임즈 1세를 위해 쓰여진 것으로 보이고 있다.

다음의 낭만 희극 ≪베니스의 상인≫(1596~1597)은 그의 극중에서 가장 유명한 극의 하나로, 그 이유는 아마 여기에 등장하는 유대인 고리대금업자 샤일록의 성격 창조 때문일 것이다. 동기야 어떻든 결과적으로 샤일록은 비극적인 인물이 되고 말았다. 낭만 희극을 불구(不具)로 하고 만 셈이다. 그러니 이 극은 비록 유명하긴 하지만 좌절된 낭만 희극이라고 할 수 있다. 재판 장면에서 포셔의 자비론(慈悲論) 또한 유명한 대사이긴 하지만, 이것 역시 그리스도교의 위선의 냄새를 풍기고 있다.

≪헛소동≫(1598~1599)은 낭만극 치고는 당치도 않게 음모, 간계를 주제로 한 극이다. 그 음모는 비극 ≪오델로≫와 같은 성질의 것이다. 그러나 이 극이 비극으로 결말지어지지 않고 행복한 끝을 맺게 되는 것은 아직 작가에 있어 내면적인 폭풍이 휘몰아쳐 오지 않고, 이성과 상식의 정신이 작가의 마음을 지배하고 있는 탓이라 하겠다. ≪뜻대로 하세요≫(1599~1600)는 목가적인 전원극이다. 그러한 그 목가의 이면에는 골육상잔(骨肉相殘)이 도사리고 있다. ≪십이야≫(1599~1600)는 정묘한 낭만 희극이면서도 거기에는 청교도와 당국에 대한 사정없는 풍자가 담겨져 있다. 이렇듯 이상의 모든 낭만 희극들이 즐겁고

명랑한 외관의 밑바닥에 모두가 비극적인 문제점을 안고 있다.

이와 같이 셰익스피어는 즐거움 속에서도 슬픔을 잊지 않았으며, 감미로운 사랑을 맹세할 때도 시간의 잔인한 낫이 그 사랑을 내리치는 소리를 귓전에 아니 들을 수 없었던 것이다. 그의 이중 영상은 점점 심오해져 간다. 특히 현상과 실재 사이의 파행(跛行)의 인식은 더욱 심각해져 간다. 그의 통찰과 인식이 깊어지고 표현 기술이 능숙해지자, 그는 본격적으로 비극의 문제와 씨름을 시작했다. 비극기에 접어들 무렵에 낭만 희극과는 다소 이질적인 ≪윈저의 명랑한 아낙네들≫(1600~1601)이 나왔다. ≪헨리 4세≫ 극에서 활약한 바 있는 근대적 인물 폴스태프의 희극성에 감명을 받은 일리저베드 여왕이 폴스태프가 사랑을 하는 희극을 보여 달라는 요청을 하자, 그 요청에 의해 이 극이 집필되었다고 전해진다. 그러나 이 극에서의 폴스태프는 이미 전날의 생기를 잃고 있다.

🍀 위대성의 개화

셰익스피어의 비극기(悲劇期)는 ≪줄리어스 시저≫(1599)를 가지고 막이 열린다. 고매한 이상을 가진 브루터스는 로마의 독재화를 막기 위해 시저를 쓰러뜨린다. 그러나 냉혹한 정치 세계에서 이상주의는 현실에 패배할 수밖에 없다. 셰익스피어가 비극을 쓰게 된 내적인 동기는 앞에서 언급했지만, 그 동기를 외적으로 추구하는 학자들이 있다.

그것은 에섹스 백작의 실각 사건(1601)이다. 당시 에섹스 백작은 일리저베드 여왕의 궁정에서 정신(廷臣)의 정화(精華)이자 권력의 상징이었다. 그는 또한 여왕의 사촌뻘로 한때는 여왕의 가장 두터운 총애를 받았고, 여왕의 배필 후보자로까지 지목되던 인물이다. 또한 셰익스피어의 후원자 사우샘프턴 백작과

는 친밀한 사이였다. 에섹스 백작은 아일랜드 반란군 진압 사령관으로서의 임무를 다하지 못한 책임에다, 여왕의 시녀와 벌인 연애 사건으로 여왕의 노여움을 사게 되었다. 에섹스 백작은 평소 자신을 리처드 2세를 타도한 헨리 볼링브루크에 비교하고 있었다. 그는 쿠데타를 결심하고, 거사 전날 밤 셰익스피어의 극단으로 하여금 ≪리처드 2세≫를 〈글로브 극장〉에서 상연케 하였다. 그리고 그 이튿날 그는 부하 일당을 거느리고 런던 시내로 몰려 들어가며 시민들의 호응을 기대했다. 그러나 시민들은 아무런 반응이 없었고 그의 거사는 실패로 돌아갔다. 그로 인해 그는 사형을 선고받았다. 여기에는 그의 강력한 정적(政敵) 로버트 세실의 작용도 있었다. 에섹스 백작은 이제 형장의 이슬로 사라지고, 그의 친한 친구이자 셰익스피어의 후원자인 사우샘프턴 백작도 실각하게 된다.

거사 전날 밤 ≪리처드 2세≫를 〈글로브 극장〉에서 상연한 일로 해서 셰익스피어의 극단도 당국으로부터 문책을 받게 되었으나, 별 탈은 없었다. 천하를 주름잡던 세도가가 갑자기 실각하고 만 것이 셰익스피어에게는 과연 어떻게 비쳤을까? 더구나 실각의 주인공은 그의 친지였으니 말이다. 에섹스 백작의 모반 사건은 1601년 셰익스피어가 서른일곱 살 때의 일이었다. 당시 크고 작은 쿠데타 사건은 끊임없이 일어났다. 유대인 의사 로페스의 여왕 암살 음모 사건은 ≪베니스의 상인≫ 샤일록에 암시되어 있고, 의사당 폭파 사건은 ≪맥베드≫의 문지기의 대사에서 언급되고 있다. 이와 같이 셰익스피어의 작품에는 당시 시사적인 사건이며, 관습적인 일 등이 여러 곳에서 언급되고 있다.

오늘 날 역사적 비평은 그런 문제들을 샅샅이 해명하고 있다. 일리저베드 여왕은 국민과 일치할 수 있는 위대한 영도자였으며 이 시대에 영국이 비약적인 발전을 한 것은 사실이지만, 당시 종교 문제, 대외 문제, 여왕 후계자 문제 등 전진을 위한 진통이 필연적인 현상으로 크고 작은 반역 사건이 잇달아 일어났다. 따라서 확고한 안정이 요청되었으므로 여왕은 정권을 유지하기 위해 에섹스 백작의 경우와 마찬가지로 무자비한 숙청을 하지 않을 수 없었다. 당시 역적의 죄목 아래 교수대의 제물이 된 고관대작들은 부지기수였다. 맥베드가 덩컨 왕을 암살하고 나오는 장면에서 피가 낭자한 자기 손을 보고 '이 망나니의 손'이라고 한 구절이 있다. 당시 사형 집행관은 교수대에서 죄수를 처형하고 나면 곧 시체의 배를 단도로 갈라 내장을 사방에 뿌리는 관습이 있었다. 어떤 사형집행관은 그 솜씨가 어떻게나 익숙했던지 사형 직후 시체에서 염통을 도려냈을 때 그 염통이 그대로 고동치고 있었다고 한다. 사형 집행관들의 솜씨가 이 경지에 도달할 만큼 역적의 처형이 잦았던 것이다. 그리고 역적의 머리는 런던 탑 위에 내걸려졌다. 셰익스피어는 이들의 죽음에 심적인 타격을 입은 바 있다. 그래서 이들의 죽음과 엑섹스 백작의 실각 등을 그의 비극기의 외적 동기로 보는 학자들이 있다.

그의 비극기에는 세 편의 희극 《트로일러스와 크레시더》, 《끝이 좋은면 다 좋다》, 《이척 보척》 등이 있다. 이 희극들은 초기 희극, 제 2기의 낭만 희극들과는 전혀 다른 어두운 희극들이다. 학자들은 근래에 이 희극을 '문제극'이라고 이름을 붙였다. 《트로일러스와 크레시더》(1601~1602)는 배신과 혼란이 주제가 된다. 문제는 미해결의 장(章)으로 남을 뿐 아니라 뒷맛이 씁쓸하고 개운치 않은, 이름만의 희극이다. 또한 이 극은 당시 영국의 신구(新舊) 두 사상이 소용돌이치던 세태의 일면을 보여 준다. 《끝이 좋은면 다 좋다》(1602~1603)는 그 제목이 말하는 바와 같이 끝만이 해피엔딩으로 끝나는 역시 씁쓸한 희극이다. 사랑을 위해 간계의 수단이 이용되는 희극이다. 《이척 보척》(1604~1605)은 부패와 위선의 악취가 코를 찌르는 희극이다. 이 세 편의 희극들은 모두 비극의 비전에서 쓰인 것이며, 작가가 다만 끝맺음만을 희극으로 맺은 것이다.

셰익스피어의 대비극에는 왕후 귀족 등 위대한 인물들이 등장한다. 그리고 그 비극은 주인공들의 성격 결함에 의한 내적 갈등이 보다 큰 비중을 차지한다. 이들 성격 비극은 ≪로미오와 줄리엣≫이나 '그리스 비극' 등의 운명 비극과는 차원이 다른 것이다. 게다가 그 주제는 제왕의 이미지를 요란스럽게 울려댄다. 거기에는 국가 사회 질서의 파괴와 그 회복이라는 거대한 전제가 있기 마련이다. 실체와 외관은 깊이 통찰되고 이중 영상은 심오하리만큼 입체적, 동적이다.

≪햄릿≫(1600~1601)은 너무나도 유명한 극이다. 이 극의 주인공은 앞서 논한 엑섹스 백작과도 일맥상통하는 점을 가지고 있다. 이 극에서도 인간 본질의 이원성이 여실히 파헤쳐지고 있다. 이성과 감정, 망상과 행동, 천사와 악마, 판단력과 피의 복수 등 작가의 이중 영상이 다각도로 표현된 작품이다. ≪오델로≫(1604)는 대비극들 중에서도 그 배경 설정이 특이한 극이다. 주인공들의 운명과 국가 사회의 운명과는 무관하다. 가정 비극으로 신의와 질투와 음모를 주제로 한 비극이다. ≪리어 왕≫(1605)은 망은, 배신, 분노 등을 주제로 한 엄청나게 거대한 비극이다. ≪맥베드≫(1606)는 시역자(弑逆者), 악인이 겪는 심적 고통을 그린 악몽의 비극이다. 같은 악인이라도 리처드 3세는 맥베드와 같은 심적 고통은 겪지 않고 악을 실컷 발휘한 후, 그저 절망 속에 죽을 뿐이다. 맥베드 또한 절망 속에 죽는다. 다른 비극의 주인공들이 영혼의 구원을 받고 죽는데 반해 맥베드는 절망 속에 죽는다. 이보다 비참한 비극은 없을 것이다.

≪엔토니와 클레오파트라≫(1606~1607)와 ≪코리올레이너스≫(1607)는 ≪줄리어스 시저≫와 더불어 로마사에 의거한 사극들이다. ≪엔토니와 클레오파트라≫는 거의 우주적인 규모의 초월적인 인간주의가 전개되는 대비극이다. ≪코리올레이너스≫는 취약한 또는 위선적인 애국심을 바탕으로 한 거인의 비극에다 군중의 가공할 힘을 엿보여 주고 있다. ≪아테네의 타이먼≫(1607~1608)은 '리어 왕'과 쌍둥이로 그 사산아로 보여질 만큼 주인공의 인간 혐오와 반응의 주제는 자못 시니컬하다.

1607년 6월 5일 셰익스피어는 고향에 돌아왔다. 장녀 스잔나는 유능한 의사

존 홀과 결혼했다. 1608년 2월 7일에는 외손녀 일리저베드의 탄생을 보았다. 이 무렵 영국의 극장은 종래의 노천극장보다 옥내 소극장으로 그 취향이 변해갔다. 셰익스피어 극단은 이미 오래전부터 블랙프라이어즈 옥내 소극장에서 겨울철이나, 야간이나, 우천에도 귀족 등 소수의 상류 계급 관객들을 상대로 공연을 하고 있었다.

🍀 만년

셰익스피어가 만년에 정착한 곳은 로맨스였다. 낭만극은 이 무렵의 조류이기도 했다. 그의 낭만극은 모두 다 음모, 배신에 의한 혈육의 이산(離散)으로부터 재회와 상봉, 그리고 관용과 화해를 주제로 한 것이었다. ≪페리클리즈≫(1608~1609), ≪심벨린≫(1609~1610), ≪겨울 이야기≫(1610~1611) 등은 모두 혈육의 상봉과 관용의 극들이다. 마지막 로맨스 ≪태풍≫(1611~1612)의 주인공이 마의 지팡이를 바닷속에 버리고 귀향하는 모습은 극작의 영필을 버리고 귀향하

는 작가 자신을 연상케 한다. 비극으로부터 낭만극으로의 변천을 두고 셰익스피어 자신이 신교로 귀의했다고 논하는 상징주의적 해석도 있다. 이제 비극 시대와 같은 고뇌와 부조리는 가셔지고 신에게 귀의한 종교적 신앙의 은총이 유난히 돋보이게 된다. 마지막의 또 한편의 고립된 사극 ≪헨리 8세≫(1612~1613)는 합작설이 유력하다.

셰익스피어는 젊어서부터 건실하고 실리적인 경제관념을 가지고 있었다. 그의 생활 태도에는 절도가 있었으며, 성품은 온화하고 언행이 일치했으며, 은퇴할 무렵에는 고향에서 생활이 윤택했으며, 은퇴한 후에도 가끔 런던을 방문한 듯하다. 그의 은퇴 후, 벤 존슨이 영국 최초의 계관시인이 된 것을 축하하며 몇몇 친구들과 스트래트퍼드에서 만나서 주연을 가진 후 셰익스피어는 발병하여 52세에 사망하였다. 그의 기일은 1616년 4월 23일이다. 유해는 고향의 홀리 트리니티 교회 가장 안쪽에 가족들의 유해와 함께 잠들어 있다.

셰익스피어는 실존 인물인가?

　　셰익스피어의 전기 기록은 당시 문인의 사회적 지위로 비추어 볼 때 놀라울 만큼 풍부한 셈이다. 정통파 학설은 스트래트퍼드 출신의 극작가 셰익스피어를 믿어 의심치 않지만, 일부 저널리즘 계통으로부터 심심찮게 그의 생애에 관해 이설이 제시되고 있다. 독자들의 오해를 풀기 위해 이설의 정체를 간단히 소개해 두겠다.

　그 하나는 1759년 어떤 광대극의 다음과 같은 대사에서 비롯된다. '셰익스피어의 저자는 벤 존슨이다.', '아니다, 그것은 피니스(Finis)이다. 그의 전집 맨 끝에 그렇게 적혀 있지 않더냐?', 이와 같은 웃지 못할 대사가 있지만, 이로부터 약 백 년 후 셰익스피어의 저자는 프랜시스 베이컨(Francis Bacon)이라는 이설이 심각하게 대두되기 시작했다. 그런데 이 이설들의 바닥에는 다음과 같은 의혹이 깔려 있었다. 셰익스피어와 같은 엄청나게 위대한 시와 철학을 과연 어떤 사람이 모조리 지닐 수 있겠는가? 이것이 가능하다고 하더라도 그 사람은 박식하고, 세도 있고, 견문이 넓으며, 외국어에도 능숙한 사람이어야 하지 않겠는가? 그렇다면 스트래트퍼드 출신의 촌뜨기 배우가 과연 그렇다는 증거가 어디 있는가?

정통파의 견해로는 당시의 문인치고 셰익스피어는 전기가 많은 편이라고는 하지만, 그의 공적, 사적, 외적, 내적인 사실과 기록은 그토록 위대한 작가의 기록치고는 아주 적은 편이다. 그래서 그를 우상같이 숭배하는 사람들은 역설 같지만 그 우상의 진흙으로 만들어진 다리를 찾기 시작했다. 범인(凡人)은 그와 같이 위대한 작품을 쓰지 못할 것이다. 따라서 셰익스피어는 범인일 수 없으며, 그 작가는 그와 같은 요건을 충족시키는 특수 인물일 것이라는 설이다. 이것은 마치 추리 소설과도 같은 이야기다. 여기에 또 한 가지 중요한 충족 여건이 있다. 그것은 그가 어떤 이유가 있어 자기 이름을 정면으로는 밝힐 수 없었을 것이라는 설이다.

　프랜시스 베이컨이 같은 시대인으로서는 그와 같은 요건을 모두 갖추고 있다. 그리하여 베이컨을 셰익스피어 극의 작가라고 하는 주장이 특히 미국에서 한때 상당히 유력했다. 게다가 베이컨은 또 암호법에 조예가 깊었다. 작품 안에 저자가 베이컨임을 알아볼 수 있게 하는 암호들이 산재해 있다는 것이다. 예를 들어 ≪사랑의 헛수고≫(제 5막 제 1장)에 나오는 'honorificabilitudinitatibus'라는 조어의 뜻은 '프랜시스 베이컨의 정신적 소산인 이 극들은 후세에 영속하리라'를 뜻하는 라틴어의 암호라고 풀이하라는 이설이 있다. 그 근거는 그의 극의 출원이 여러 가지로 확실한 것으로 미루어 각색 또한 여러 사람의 공동 집필로 이루어진 것이며, 프랜시스 베이컨과 월터 롤리의 공동 집필, 또는 옥스퍼드 백작을 중심으로 한 베이컨, 말로, 롤리, 더비 백작, 러틀런드 백작, 팸브루크 후작 부인 등의 집단 집필로서, 이때 연극 기교에 관한 전문 지식이 요청되었을 것이므로, 셰익스피어는 그 편찬 또는 교정 같은 일을 했을 것이다.

　셰익스피어의 결혼에 관계되는 기록으로서, 1582년 11월 27일자 우스터 주교 교구 기록에 'Wm Shakspere and Anna Whateley'라는 기록과 그 다음 날짜에 'Willm Shakspere to Anne Hathaway'라는 기록이 있는데, 정통파에서는 'Whateley'는 'Hathaway'의 오기일 것이라고 보고 있지만, 1939

년과 1950년에 각각 다른 스코틀랜드 학자가 주장하기를, 미스 휫틀리(Miss Whateley)는 셰익스피어의 애인으로 앤 해서웨이에게 패배하여 수녀가 되어 셰익스피어와는 정신적으로 결합하여 그와 같은 극을 함께 제작했을 거라는 것이다.

다음으로 말로 설이 있는데, 셰익스피어와 태어난 해가 같으나, 요절한 말로의 셰익스피어에 대한 영향은 정통파에서도 인정하고 있는 바이지만, 근래에 미국의 신문 기자 캘빈 호프맨은 ≪셰익스피어라는 사람의 살해 문제≫라는 저서에서 말로는 그의 후원자 토머스 월징엄(T. Walsingham)경의 사주자들의 손에 살해된 것이 아니라, 그가 무신론자로서 처형되는 것을 미리 막기 위해 월징엄 경이 피살을 가장하여 그를 유럽 대륙으로 도피시킨 것이다. 그래서 그는 후일 비밀리에 귀국하여 월징엄 경의 집에 은신하여 셰익스피어라는 이름으로 극작을 발표한 것이라고 주장했다. 호프맨은 또한 월징엄 경의 무덤을 발굴하는 허가를 얻어 발굴에 착수했으나, 거기에 있으리라고 예상했던 셰익스피어의 원고는 발견되지 않았고 미처 무덤 현실까지는 파보지 못한 채 발굴을 중단당한 일이 있었다. 그래서 요사이 스트래트퍼드에 있는 셰익스피어의 무덤을 발굴해 보자는 말도 있다.

다음은 옥스퍼드 백작 설이다. 옥스퍼드 백작 에드워드 비어의 가문(家紋)의 하나로 사자가 창(spear)을 휘두르고 있는(shake) 것이 있다. 그의 별명이 '창을 휘두르는 사람(speare shaker)' 이었으며, 그는 사우샘프턴 백작과 더불어 셰익스피어의 후원자로 알려진 사람인데, 사우샘프턴 백작이 그와 일리저베드 여왕 사이의 소생이라는 풍문이 나돌 정도였던 만큼, 그와 궁정과의 어떤 부득이한 사정 때문에 그는 자기의 작품에 셰익스피어라는 가명을 사용했거나, 스프래트퍼드 출신의 배우 셰익스피어의 이름을 빌려 쓴 것이라는 이설이 있다.

또는 셰익스피어라는 스트래트퍼드 출신의 대금업자가 궁색한 극작가들에게 금전을 융통해 준 대가로 작품의 작가를 자기 이름으로 하게 했을 것이라는 이설도 있다. 또 하나의 이설은 그의 ≪소네트 집≫에 나오는 'Mr. W. H.'가 누구냐?, '흑발의 미녀(dark lady)'나 '미청년(fair youth)'은 과연 누구냐? 하는 것이다.

그의 소네트가 원래 개성적인 요소를 강하게 풍기고 있기 때문에 이 점들에 관해서는 정통파 학자들 사이에도 논쟁이 분분하지만, 말로 설의 주장자들은 '미청년'을 당시의 동성애와 관련시켜 말로의 동성애를 증거로 셰익스피어 소네트의 저자를 말로라 단정하고, Mr. W. H.를 앞서의 월징엄의 약기(略記)라고 주장한다.

같은 자료와 같은 사실을 가지고 이러한 설들은 이렇게 기묘한 결론에 도달하고 있지만, 오늘 날 정통파 학자들은 스트래트퍼드의 셰익스피어의 실존성에 대해 추호도 의심하지 않는다.

셰익스피어의 연표

1556년
존 셰익스피어, 스트래프퍼드 온 에이븐의 헨리 가(街)와 그린힐 가(街)에 주택을 구입.

1557년
존, 윌코트의 메리 아든과 결혼.

1558년
일리저베드 여왕 즉위.
존의 장녀 쥬오운 출생(9월 10일 세례).
존, 시의 치안관에 선임.

1559년
존, 스트래트퍼드 시의 벌금부과역에 취임.

1561년
존, 시의 재무관에 취임.

1562년

존의 차녀 마거레트 출생(12월 2일 세례).

1563년

마거레트 사망(4월 30일 매장).

1564년

존의 장남 윌리엄 셰익스피어 출생(4월 23일?).

윌리엄, 호울리 트리니티 교회에서 세례(4월 26일).

존, 역병으로 인한 빈민의 구제를 위해 다액의 기부를 함.

1565년(1세)

존, 시의 참사의원으로 피선.

1566년(2세)

존의 차남 길버트 출생(10월 13일 세례).

1568년(4세)

존, 시장에 취임.

1569년(5세)

존의 3녀 쥬오운 출생(4월 15일 세례. 사망한 장녀와 이름이 같음).

1571년(7세)

존, 시 참사원의 의장 격인 치안관에 취임.

존, 리처드 퀴니 상대로 50파운드의 채권 독촉의 소송을 제기함.

존의 4녀 앤 출생(9월 28일 세례).

1572년(8세)
귀족의 보호 없는 배우는 불량배로 취급되는 조령(條令)이 포고됨.

1573년(9세)
존, 헨리 히그퍼드에 의해 30파운드의 채무 이행의 소송을 받음.

1574년(10세)
존의 3남 리처드 출생(3월 11일 세례).
역병으로 인해 런던에서 연극 상연 금지.

1575년(11세)
존, 주택 구입에 40파운드 투자.

1576년(12세)
런던에 최초의 공개 상설극장의 건립 착수. 이것은 '극장'(The Theatre)이라
불리어졌음.

1577년(13세)
존, 이 무렵부터 공식 석상에 나타나지 않음.

1578년(14세)
존, 가옥을 담보로 40파운드의 빚을 냄(11월 14일).

1579년(15세)
존, 아내의 재산을 일부 처분함.
4녀 앤의 사망(4월 4일 매장).

1580년(16세)

존, 아내의 재산을 저당함.

존의 4남 에드먼드 출생(5월 3일 세례).

1582년(18세)

윌리엄 셰익스피어와 앤 횟틀리(Anne Whateley)와의 결혼 허가서 발행(11월 27일).

윌리엄 셰익스피어와 앤 해더웨이(Anne Hathaway)와의 결혼 보증인 연서(11월 28일. 이날 결혼함).

1583년(19세)

윌리엄의 장녀 수자나 출생(5월 28일 세례).

1584년(20세)

작자 미상의 ≪왕후귀감≫을 웨스툰이 편찬하여 출판.

1585년(21세)

윌리엄의 쌍둥아 햄네트(장남)와 주디드(차녀) 출생(2월 2일 세례).

1586년(22세)

필리프 시드니 전사(戰死).

1587년(23세)

존, 시 참사의원에서 제명당함. 윌리엄, 이 무렵에 상경(?).

스코틀랜드의 메리 여왕, 엘리자베스 여왕에 의해 처형됨(2월 8일).

1588년(24세)
스페인의 무적함대, 영국 해군에게 격파당함(7월 28일).

1590년(26세)
≪헨리 6세≫ 제 2부와 제 3부 집필(?).

1591년(27세)
≪헨리 6세≫ 제 1부 집필(?)

1592년(28세)
≪헨리 6세≫ 제 1부, 〈스트레인지 소속 극단〉에 의해 상연(?)(3월 3일).
로버트 그린, '삼문제사'에서 셰익스피어를 비난.
이 해 후반에 역병으로 런던의 극장 폐쇄.
존, 교회 불참자의 명단에 기록됨.
≪리처드 3세≫ 집필(1592~1593년).
≪착오 희극≫ 집필(1592~1593년).
≪비너스와 아도니스≫ 집필(1592~1593년).

1593년(29세)
≪비너스와 아도니스≫ 출판 등록(4월 18일). 같은 해에 4절판으로 출판(양 4
절판).
≪타이터스 앤드로니커스≫ 집필(1593~1594년).
≪말괄량이 길들이기≫ 집필(1593~1594년).
≪루크리스의 능욕≫ 집필(1593~1594년).
극작가 크리스토퍼 말로 살해당함(5월 30일).

1594년(30세)

윌리엄, 〈궁내대신 소속 극단〉(Lord Chamberlain's Men)에 단원으로 참가.

≪타이터스 앤드로니커스≫ 출판 등록(2월 6일), 동년에 4절판으로 출판(양 4 절판).

≪헨리 6세≫ 제 2부 출판 등록(3월 12일), 동년에 악 4절판 출판.

≪루크리스의 능욕≫ 출판 등록(5월 9일), 동년 4절판으로 출판(양 4절판).

≪착오 희극≫ 그레이 법학원에서 상연(12월 28일).

≪베로나의 두 신사≫ 집필(1594~1595년).

≪사랑의 헛수고≫ 집필(1594~1595년).

≪로미오와 줄리엣≫ 집필(1594~1595년).

1595년(31세)

윌리엄, 〈궁내대신 소속 극단〉 단원으로서 최고의 기록(3월 15일).

≪리처드 2세≫ 집필(1595~1596년).

≪리처드 2세≫ 상연(12월 9일).

≪한여름 밤의 꿈≫ 집필(1595~1596년).

1596년(32세)

장남 햄네드 사망(8월 11일 매장).

부친 존, 문장(紋章)의 사용을 허가 받음(10월 20일)

≪존 왕≫ 집필(1593~1596년).

≪베니스의 상인≫ 집필(1596~1597년).

1597년(33세)

윌리엄, 이 무렵 런던의 세인트 헬렌의 비셥게이트에서 거주함.

윌리엄, 스트래트퍼드에서 가장 아름답고 둘째로 큰 저택 뉴 플레이스(New Place)를 윌리엄 언더힐로부터 40파운드에 구입함(5월 4일).

≪리처드 2세≫ 출판 등록(8월 29일), 동년 출판(양 4절판).

≪리처드 3세≫ 출판 등록(10월 20일자), 동년 출판(양과 악의 중간의 4절판).

≪로미오와 줄리엣≫ 악 4절판 출판.

≪헨리 4세≫ 제 1부와 제 2부 집필(1597~1598년).

≪사랑의 헛수고≫, 크리스마스에 궁정에서 상연.

1598년(34세)

≪헨리 4세≫ 제 1부 출판 등록(2월 25일), 동년 출판.

≪소네트 집≫ 거의 완성(?).

수상인 윌리엄 세실 사망.

≪베니스의 상인≫ 출판 저지 등록(7월 22일).

윌리엄, 벤 존슨의 〈각인 각색〉에 출연(9월).

≪사랑의 헛수고≫ 양 4절판 출판.

≪헛소동≫ 집필(1598~1599년).

≪헨리 5세≫ 집필(1598~1599년).

프랜시스 미어스의 수기 ≪지식의 보고≫ 출판, 이 책에는 셰익스피어에 관한 여러 가지 언급이 있다.

1599년(35세)

시인 에드먼드 스펜서 사망.

풍자문학 금지(6월 1일).

에섹스 백작, 아일랜드 원정 실패.

〈궁내대신 소속 극단〉의 본거인 〈지구극장〉 개장.

≪줄리어스 시저≫ 집필, 동년 〈지구극장〉에서 상연(9월 21일).

≪로미오와 줄리엣≫ 양 4절판 출판.

≪뜻대로 하세요≫ 집필(1599~1600년).

≪십이야≫ 집필(1599~1600년).

1600년(36세)

동인도회사 설립.

≪뜻대로 하세요≫ 출판 보류 등록(8월 4일).

≪헛 소동≫ 출판 보류 등록(8월 4일), 출판 등록(8월 23일), 동년 출판(양 4
절판).

≪헨리 4세≫ 제 2부 출판 등록(8월 23일), 동년 출판(양 4절판).

≪헨리 5세≫ 출판 보류 등록(8월 23일), 동년 악 4절판 출판.

≪한여름 밤의 꿈≫ 출판 등록(10월 8일).

≪윈저의 명랑한 아낙네들≫ 집필(1600~1601년).

1601년(37세)

부친 존 사망(9월 매장).

〈궁내대신 소속 극단〉 에섹스 백작 일당의 요청에 의해 왕위 찬탈극 ≪리처드
2세≫를 〈지구극장〉에서 상연(2월 7일).

에섹스 백작, 런던에서 쿠데타를 거사하여(2월 8일), 사형에 처해짐(2월 24일).

≪십이야≫ 궁정에서 상연(1월 6일).

≪햄릿≫ 집필(1601~1602년).

≪트로일러스와 크레시더≫ 집필(1601~1602년).

1602년(38세)

이 무렵 크리폴게이트(런던)에서 하숙.

스트레트퍼드 교외에 107에이커의 토지를 320파운드에 매입(5월 1일).

≪윈저의 명랑한 아낙네들≫ 출판 등록(1월 18일), 동년 악 4절판 출판.

≪햄릿≫ 출판 등록(7월 26일).

≪끝이 좋으면 다 좋다≫ 집필(1602~1603년).

1603년(39세)

일리저베드 여왕 사망(3월 24일), 튜더 왕조 끝남.

제임즈 1세 즉위하여 스튜아트 왕조 출발.

〈궁내대신 소속 극단〉, 제임스 1세의 후원 아래 〈국왕 소속 극단〉으로 됨(5월 19일).

역병으로 해서 런던의 극장들은 1년이나 폐쇄.

≪트로일러스와 크레시더≫ 출판 등록(2월 7일).

≪햄릿≫ 악 4절판 출판.

1604년(40세)

≪오델로≫ 집필, 동년 11월 1일 궁정에서 상연.

≪이척보척≫ 집필(1604~1605년), 동년 12월 26일 궁정에서 상연.

≪햄릿≫ 양 4절판 출판.

1605년(41세)

〈국왕 소속극단〉 ≪헨리 5세≫를 궁정에서 상연(1월 7일).

〈국왕 소속극단〉 ≪베니스의 상인≫을 궁정에서 상연(2월 10일).

의사당 폭파 음모 사건 발각됨(12월 5일).

윌리엄, 스트래트퍼드와 그 인접 지역의 31년 간의 10분의 1세(稅)의 권리를 440파운드로 매입(7월 24일).

≪리어왕≫ 집필(1605~1606년).

1606년(42세)

의사당 폭파 음모 사건의 주모자 헨리 가네트의 처형(5월 3일).

무대에서 신을 모독하는 말을 쓰지 못하게 하는 조령(條令) 포고(5월 27일).

≪맥베드≫ 집필.

≪리어 왕≫ 궁정에서 상연(12월 26일).

≪앤토니와 클레오파트라≫ 집필(1606~1607년).

1607년(43세)
장녀 수자나, 의사 존 홀과 결혼(6월 5일).
≪리어 왕≫ 출판 등록(11월 26일).
≪코리올레이너스≫ 집필.
≪아테네의 타이먼≫ 집필.

1608년(44세)
시인 존 밀턴 출생.
수자나의 장녀 일리저베드 출생(2월 8일 세례).
모친 메리 사망(9월 9일 매장).
윌리엄, 존 애든브루크를 상대로 6파운드의 채권에 관해 소송을 제기하여 승소
함(12월 17일~1609년 6월 7일).
〈국왕 소속극단〉이 실내 극장인 〈블랙프라이어즈〉를 매입, 윌리엄도 8분의
1의 주주가 됨(8월 9일).
≪앤토니와 클레오파트라≫ 출판 저지 등록(5월 20일).
≪리어 왕≫ 출판(양과 악의 중간의 4절판).
≪페리클리즈≫ 집필(1608~1609년), 동년 출판 등록(5월 20일).

1609년(45세)
≪트로일러스와 크레시더≫ 출판(양 4절판).
≪소네트 집≫ 출판 등록(5월 20일), 동년 출판.
≪페리클리즈≫ 출판(양 4절판).
≪심벨린≫ 집필(1609~1610년).

1610년(46세)

윌리엄, 이 무렵에 고향에 은퇴(?).

≪겨울 이야기≫ 집필(1610~1611년).

1611년(47세)

≪흠정 영역 성서≫ 출판.

점성가 사이먼 포맨, 〈지구극장〉에서 셰익스피어의 극을 관람한 기록이 있음.

≪맥베드≫ (4월 20일), ≪심벨린≫ (4월 하순), ≪겨울 이야기≫ (5월 15일) 등.

≪태풍≫ 집필(1611~1612년), 동년 궁정에서 상연(11월 1일).

1612년(48세)

윌리엄, 벨로트 마운트조이의 소송사건에 증인으로 출두(5월 11일, 6월 19일).

일리저베드 왕녀의 결혼 축하와 외국 사절들을 위해 〈국왕 소속 극단〉은 이 해
겨울부터 1613년에 걸쳐 20회 이상의 공연을 함.

≪헨리 8세≫ 집필(1612~1613년).

1613년(49세)

〈국왕 소속 극단〉, 〈지구극장〉에서 ≪헨리 8세≫를 상연(6월 29일).

이날 상연 때의 축포의 불꽃에 인화하여 〈지구극장〉 소실. 곧 재건립에 착수.

1614년(50세)

제2의 〈지구극장〉 6월(?)에 준공.

윌리엄, 상경(11월 17일).

1616년(52세)

윌리엄, 유언장을 기초(起草)(1월 ?).

차녀 주디드, 토머스 퀴니와 결혼(2월 10일).

윌리엄, 유언장을 다시 정리 작성하여 서명함(3월 25일).

윌리엄, 사망(4월 23일), 스트래트퍼드의 호울리 트리니티 교회에 매장(4월 25일).

1619년

토머스 파비어, 셰익스피어의 선집 출판(≪헨리 6세≫ 제 2·3부, ≪베니스의 상인≫, ≪헨리 5세≫, ≪한여름 밤의 꿈≫, ≪윈저의 명랑한 아낙네들≫, ≪리어 왕≫, ≪페리클리즈≫ 등이 수록됨).

W· 자가드, 불법으로 셰익스피어의 전집을 2절판으로 출판 기도.

1621년

≪제일 2절판 전집≫ 인쇄 착수(4월 ?).

≪오델로≫ 출판 등록(10월 6일).

1622년

≪오델로≫ 출판(양 4절판).

1623년

윌리엄의 아내 앤 사망(8월 6일 매장).

셰익스피어 극의 전집 출판을 위해 ≪태풍≫을 비롯하여 16편 극의 출판 등록(11월 8일).

셰익스피어의 동료 배우 존 헤밍그와 헨리 콘델에 의해 편찬된 셰익스피어의 극 전집 ≪제일 2절판 전집(The First Folio) 출판(연말 ?). 이 전집에는 ≪페리클리즈≫와 시는 포함되어 있지 않음.